KB114608

무협 新무협 판타지 소설

암제구환록

FANTASTIC ORIENTAL HEROES

암제귀환록 9

무경 新무협 판타지 소설

초판 1쇄 찍은 날 § 2015년 6월 19일
초판 1쇄 펴낸 날 § 2015년 6월 26일

지은이 § 무경
펴낸이 § 서경석

편집책임 § 김현미

펴낸곳 § 도서출판 청어람
등록번호 § 제387-1999-000006호
등록일자 § 1999. 5. 31
어람번호 § 제2-2596호

주소 § 경기도 부천시 원미구 부일로 483번길 40 서경B/D 3F (우) 420-822
전화 § 032-656-4452 팩스 § 032-656-4453
http://www.chungeoram.com
E-mail § chungeorambook@daum.net

ⓒ 무경, 2014

ISBN 979-11-04-90284-0 04810
ISBN 979-11-316-9054-3 (세트)

暗帝歸還錄

무협 新무협 판타지 소설

FANTASTIC ORIENTAL HEROES

암제귀환록

9

암제귀환록

1장

혼란의 도래

　파죽지세이던 혈교의 군세는 해남 근처에서 한동안 멈칫
했다.

　광기에 가까운 혈교도들의 기세를 생각해 봤을 때 결코 좋
은 일은 아니었지만 유설태로서는 선택의 여지가 없었다.

　암후, 미우가 정체불명의 습격자에게 당해 쓰러졌던 것이
다.

　습격자는 약간의 흔적조차 남기지 않았다.

　애초에 그녀의 몸에 새겨진 상처들이 아니었다면 습격을
당한 게 아니라 다른 연유로 쓰러졌다고 생각했으리라.

특이점은 그뿐만이 아니었다.

"그녀의 내공이 눈에 띄게 증진되었습니다."

암후를 진찰하고 난 만박서생 유숭의 한마디였다. 그 말에 유설태의 동공이 절로 확대됐다.

"내공이 말인가?"

"예. 게다가… 그간 언제 파괴될지 모를 만큼 불안정하던 신체도 급격히 안정되었습니다."

"그렇다는 건……."

"습격을 당한 게 아니라 기연을 얻었다고 표현하는 편이 나을지도 모르겠군요. 대체 무슨 일이 일어났던 것인지는 모르겠지만 말입니다."

유설태는 속으로 침음을 삼켰다.

유숭의 말을 듣고 한 가지 추측이 뇌리를 스치고 지나갔기 때문이다.

'그자가… 왔다 간 것인가?'

무림맹주 남궁월.

그는 유설태의 거의 모든 것을 꿰고 있었다.

세간에는 지난 무림맹 습격 당시 사망한 것으로 알려져 있었으나, 유설태로선 도저히 거기에 동조할 수가 없었다.

단순한 습격 정도로 죽일 수 있는 존재가 아니었기 때문이다.

분명했다. 그가 아니고서는 이런 일을 벌일 수 있는 자는
없을 터였다.

　'하지만 어째서?

　유설태의 머릿속이 한층 혼란스러워졌다.

　어째서 그는 죽음을 가장한 채 잠적했는가?

　그리고 어째서 암후 앞에 나타나 그녀에게 기연을 안겨준
것인가?

　그는 대체 무엇을 바라기에?

　상념에 잠긴 유설태에게 유숭이 말했다.

　"그녀가 깨어났군요."

　유설태는 시선을 내렸다.

　과연 침상에 누워 있던 암후가 눈을 떠 자신을 바라보고 있
었다.

　"군사님?"

　그녀의 목소리에 유설태는 움찔했다. 그녀가 각성한 이래
단 한 번도 들어보지 못한 안정된 목소리였다.

　"미우……?"

　"예, 저예요."

　암후는 희미한 미소를 머금었다. 그 모습은 누가 봐도 암천
비류공에 지배당한 살육귀가 아니었다. 그녀는 분명 유설태
의 시종이었던 미우였다.

비록 육체는 급속도로 성장해 버려 과년한 처녀처럼 변해 버렸다지만.

유설태가 조심스레 물었다.

"몸은 좀 어떻더냐?"

"머리가 아파요. 미우가 어디에 부딪쳤던 건가요?"

"그건……."

유설태는 대꾸할 말이 떠오르지 않아 침묵했다.

그 사이에 미우의 시선은 옆에 있는 유숭에게로 향했다.

"아저씨는 누구세요?"

유숭은 유설태와 달리 놀란 기색이 아니었다. 그는 침착한 어조로 설명했다.

"나는 유 군사의 막역지우란다."

"군사님의 친구분이시군요."

"그래."

담담히 대답한 유숭이 질문했다.

"어디까지 기억하고 있느냐?"

"기억… 이요?"

"그래. 잠들기 전의 마지막 기억이 무엇이지?"

암후의 눈동자가 순간 거세게 흔들렸다. 말로 표현하지는 않았으나 지극히 혼란스러운 기색이었다. 유숭은 그 모습을 보고 확신했다.

'암후로서의 기억을 지니고 있군.'

그녀는 당황한 듯 상체를 일으켰다. 그러고는 자신의 두 손을 당혹스럽게 내려다봤다.

"내, 내가… 대체 무슨 짓을?"

두 손을 내려다보는 눈동자는 사시나무처럼 떨리고 있었다. 필시 자신이 죽인 자들을 떠올리고 있는 것이리라.

혼란스러워하는 미우의 모습에 침음에 잠긴 유설태와는 달리 유숭은 의연하게 대처했다.

"악몽을 꾼 모양이로구나."

"악몽……?"

"그렇다. 지독한 악몽이었을 테지."

다 이해한다는 듯 자애로운 눈으로 암후를 바라보는 유숭. 그 눈빛 덕분인지 암후 또한 어느 정도 안정되는 듯했다.

"조금 더 쉬려무나. 악몽을 떨쳐 낼 때까지."

"…네."

유숭은 몽연향(夢煙香)을 피웠다.

초인적인 영역에 접어든 암후에게도 통할 만큼 강력한 향이었다.

그 말은 곧 유숭과 유설태도 면역되지 않았다는 것. 두 사람은 황급히 막사를 빠져나왔다.

"이유는 몰라도 원래의 자아를 되찾은 모양이군요."

"……."

"뭔가 짚이는 바가 있습니까?"

유숭의 질문에 유설태는 흠칫했다. 그의 눈동자가 흔들리는 것을 본 유숭이 고개를 끄덕였다.

"있는 모양이로군요."

"……."

"상태가 저래서는 써먹을 수가 없습니다, 지천궁주. 당분간은 암후를 전장에 내보내지 않고 진격을 계속하는 수밖에 없겠습니다."

"으음……."

"그러는 동안 그녀를 고쳐 놔야겠지요."

유설태는 움찔했다.

"고친다고?"

"그렇습니다. 귀하가 만들고 내가 거들었던 원래의 괴물로 말입니다."

유숭의 눈빛은 침착하면서 냉랭했다. 그 기색의 일면에 자신에 대한 비난이 담겨 있음을 모를 유설태가 아니었다.

"자네는 나를 경멸하는군."

"솔직히 말하자면 그렇습니다. 아무것도 모르는 철부지 소녀를 단지 체질이 맞는다는 이유만으로 살육귀로 만들어 버리지 않았습니까?"

"……."

"그래놓고는 이제 와서 죄책감이라도 느끼는 듯한 태도를 보고 있자니, 냉소를 참을 수가 없는 게 사실입니다."

유설태는 쓴웃음을 지었다.

그가 당혹감을 느끼는 것은 단순히 죄책감 때문은 아니었다.

그저 암후를 재차 각성시킨 남궁월의 행동이 당황스러울 따름이다.

애초에 그녀를 괴물로 만든 것에 죄책감을 가질 거였다면 무림맹을 멸망시키려고 들지도 않았을 것이다.

'이미 돌이킬 수 없다.'

유설태는 스스로의 마음을 다잡았다.

"그녀를 다시금 이전의 상태로 되돌려야만 하네. 가능하겠나?"

"이미 깨어난 이지를 다시 상실시키란 말입니까?"

"가능하겠나?"

유숭은 침묵했다. 별것 아닌 소녀일 때라면 몰라도, 지금의 그녀는 괴물의 힘을 고스란히 간직하고 있었다. 그런 그녀의 이지를 상실시킨다는 것은 말처럼 쉬운 일이 아니었다.

"힘든 모양이로군."

"당연한 얘기가 아니겠습니까? 시간도 촉박할뿐더러 환경 또한 완벽하질 않으니."

조금만 더 북진하면 호남성이 가시권(可視圈) 안으로 들어온다.

그 뒤로 줄줄이 이어져 있는 것이 호북성과 하남, 섬서성이다.

그 말은 곧 백도무림과의 일전이 코앞으로 닥쳤다는 뜻이었다.

그런 마당에 한가로이 암후의 뒤치다꺼리나 하고 있을 순 없었다. 기실 유설태를 제외한다면 유숭이 혈교 군세를 통솔하고 있었으니까 말이다.

유설태는 이를 악물었다.

'대체 그자는 왜……!'

이유야 어찌되었든 암후의 능력을 증진시켜 준 것이야 고마워할 일이었다.

그러나 그녀의 자아까지 되돌린 것은 어떻게 해석해야 할지 갈피를 잡을 수 없었다.

'이는 미우 그 아이를 데려가기 위함인가? 우리 혈교에 맞서는 첨병으로 삼고자?'

하나 그것은 논리적으로 말이 되지 않았다. 정말 그런 거라면 직접 데려가는 편이 나았을 테니까.

분명한 것은 하나뿐이었다.

지금 여기서 멈출 수는 없다는 것.

"암후는 내가 맡겠네."

유설태가 결의에 찬 눈빛을 내비치며 말했다.

"맡다니. 어떻게 말입니까?"

"설득을 하든 윽박을 지르든 그 아이를 다시금 싸우게 만들겠네."

"그게 쉬운 일이겠습니까? 강맹한 힘을 지녔다 한들, 알맹이는 순진해 빠진 계집아이일 텐데."

"어렵겠지. 그러나 하지 않으면 안 되지 않겠나?"

백도무림 최강의 무인들을 상대하려면 암후의 힘이 절대적으로 필요했다. 패도궁이 박살 나고 철혈염라 철극심 같은 고수들마저 잃은 혈교로서는 한 명의 초고수가 절실한 상황이었다.

무림맹이 붕괴되고만 백도무림처럼, 이쪽 또한 이판사판의 처지인 것이었다.

"어떻게든 설득하는 수밖에."

그렇게 중얼거리는 유설태의 눈빛이 광기로 번들거렸다.

*　　　*　　　*

숭산, 소림사.

대웅전에서 조금 벗어나 있는 자그만 암자.

그곳엔 방장인 혜법과 금왕을 비롯한 소수의 사람이 모여 있었다.

"흘흘, 실질적인 회합의 주체들이로군."

금왕의 웃음기 어린 목소리에 암석 같은 외관의 중년인이 헛기침을 했다. 그의 태도가 못내 불편하다는 듯한 기색이었다.

중년인은 화산의 장문인인 육천검주 마종운이었다. 그의 날선 태도에 금왕은 빙긋 웃었다.

"내 말이 못내 불편한 모양이로군."

"부정하지는 않겠소."

"그 연유를 물어봐도 되겠는가?"

마종운의 시선이 이내 현월에게로 향했다.

"수많은 협사 중에서 왜 하필 저 청년이 선택된 것인지 알 수가 없소."

"현월 말인가? 그의 실력은 자네도 보았을 터인데?"

"나이에 비해 빼어나다는 것은 인정하지. 하나 그뿐이오."

마종운은 흔들림 없는 태도로 단언했다.

"우리가 목전에 둔 것은 단순한 패싸움이 아니라 전쟁이오. 단 한 명의 실력에 승패가 갈리는 저잣거리의 싸움과는 다르단 말이오. 더군다나 단순히 뛰어난 무위를 지닌 무인이야 지천에 널려 있소."

"그중에서도 현월이 선택된 게 불만이란 것이군."

"그렇소."

금왕의 시선이 현월에게로 향했다.

"그렇다는구만. 자네도 한마디 해야지?"

"딱히 할 말은 없습니다."

담담한 현월의 음성에 금왕은 빙긋 웃었다.

마종운은 역시 마음에 들지 않는다는 듯 눈썹을 꿈틀댔다.

혜법이 그들의 주의를 환기시켰다.

"여기에 자리한 이들의 자격은 이 땡초가 보증하겠소."

"방장께서 그리 말씀하신다면야……."

"고맙소, 마 장문인."

혜법이 이윽고 좌중을 둘러보며 말했다.

"다들 아시다시피 혈교 군세의 기세가 심히 날카롭소. 필시 우리가 이 자리에서 주저하는 만큼 그들로 인해 발생할 피해가 커질 것이오."

"요격군을 편성해야 한다는 말씀이군요."

그렇게 대꾸한 이는 모용세가의 가주인 탈추검(奪抽劍) 모용명이었다.

그의 신위는 북방제일로 손꼽히는 것으로 화산의 마종운과는 은연중에 대립각을 세우고 있는 인물이기도 했다.

엄밀히 따지자면 마종운 측에서 일방적으로 질시하고 있

을 따름이었지만.

"음, 모용 가주의 말씀대로요. 하여, 요격군으로 나설 이들을 선출하기 위해 여러분을 호출한 것이오."

"으음……."

몇 안 되는 명숙이 미묘한 침음을 흘렸다. 무림에서도 최상위에 위치한 세력권의 주인들이라기엔 너무나 소극적인 태도였다.

금왕이 그 반응을 한마디로 요약했다.

"있는 놈이 더하다더니."

"……."

불편한 침묵을 현월이 깼다.

"명단에 제 이름을 넣어두십시오. 편성이 확정되는 대로 따로 알려주시면 감사하겠습니다."

그렇게 말하고는 거리낌 없이 일어나 문밖으로 향했다.

그 행동에 마종운이 버럭 소리쳤다.

"놈! 어딜 가려는 것이냐?"

힐끔 고개를 돌린 현월이 마종운과 시선을 맞췄다.

"뭐 문제라도?"

"감히 무림의 선배들이 자리하고 있거늘, 그 무슨 법도에 어긋난 행동이냔 말이다!"

"마 장문인."

혜법이 나서려 했으나 금왕이 손을 들어 저지했다. 그냥 가만히 지켜보라는 시선에 혜법이 난색을 표했다.

"금왕."

"차라리 잘된 일 아니겠소? 이참에 서로 간의 흉금(胸襟)을 허물없이 털어내는 것도."

"하지만……."

"화산의 육천검주 마종운이라 하면 무림에서도 으뜸가는 검수 중 하나지. 우리 암류방의 백도무림 서열록에서도 당당히 오 위의 자리를 차지하고 있고."

금왕의 목소리에 마종운은 미간을 찌푸렸다.

자기 위로 넷이나 더 있다는 사실이 못내 마음에 들지 않았던 까닭이다.

"엉터리 같은 순위를 제멋대로 매겨대는 버릇은 여전한 모양이시군."

"순위에 불만이 있다면 적합한 절차를 통해 반론을 제기할 수 있네."

"적합한 절차?"

금왕이 씩 웃었다.

"그대보다 상위권에 위치한 이들과의 일전을 우리 암류방에서 주선해 줄 수 있지. 역시 힘을 증명하는 방법은 직접 부딪쳐 싸우는 것이 최고 아니겠나?"

"흥. 사파 놈들의 천박한 투계 놀음에 동참하란 말인가?"

"그게 싫으면 어쩔 수 없는 일이겠지. 그렇다 해서 우리 암류방의 서열록이 사라질 일은 없겠지만 말이야."

금왕의 시선이 힐끔 현월에게로 향했다.

"참고로 저 친구는 백도무림 서열 십이 위에 이름을 올리고 있네."

"……!"

좌중의 명숙들이 놀란 표정을 지었다. 마종운보다는 떨어진다고 하나 나이를 감안하면 터무니없이 높은 순위였기 때문이다.

하지만 그 충격도 금왕의 이어진 말이 던진 파문에 비하면 아무것도 아니었다.

"뭐, 그것도 갱신되기 이전의 순위일 뿐이지만 말이야. 아마 지금이라면 무리 없이 삼 위 이내를 노릴 수 있지 않을까 싶구먼."

"……!"

충격이 좌중을 휩쓴 가운데 마종운이 혀를 찼다.

"흥, 수작이 빤히 보이는군."

"수작이라?"

"근거 없는 헛소리로 내 심중을 흔들어보고자 함이 아닌가?"

마종운이 벌떡 자리에서 일어났다.

"나로서는 그대가 저 애송이 놈과 대체 무슨 작당을 했는지 모른다. 그러나 이 마종운과 화산의 힘을 능멸하고자 하는 심산이라면 헛다리를 짚어도 단단히 짚었다고 할 수밖에!"

"허허."

금왕이 난처한 미소를 지었다.

물론 그 미소의 일면엔 계획대로라는 득의양양함이 숨겨져 있었다.

그러나 혜법과 현월로서는 그저 난처하기만 할 따름이었다.

"자꾸 이러시깁니까?"

현월의 책망에 금왕은 허허 웃었다.

"미안하구먼. 자네를 옹호해 주려다 이런 사달이 나버렸네."

"충동질하려던 게 아니고요?"

"흠흠, 그렇게 보일 수도 있음은 인정해야겠군."

현월은 고개를 설레설레 저었다.

"이렇게 시간 낭비할 때가 아닙니다. 먼저 돌아가겠습니다."

"놈! 어딜 가려느냐!"

마종운의 일갈에 현월은 미간을 찌푸렸다.

"미안하지만 이런 쓸데없는 일에 시간을 낭비하고 싶진 않소."

"흥! 네놈이 획책해 놓고는 이제 와서 딴소리란 말이냐?"

"획책이라니?"

"처음부터 너 같이 근본도 없는 놈이 이 자리에 온 것 자체가 이상했다. 한데 이제 보니 금왕 저 빌어먹을 노인네와 작당을 한 모양이로군! 현검문이란 문파가 어디서 빌어먹던 곳인지는 몰라도 하는 짓이 참으로 가관이로구나."

현월의 표정이 차갑게 굳었다. 자신을 욕하는 것이야 무시하고 넘어가면 그만이나, 현검문을 모욕하는 것은 그냥 넘기기 어려웠다.

"거기까지만 하시오."

"흥! 꼴에 사문이 모욕당하는 것은 참지 못하겠단 말인가? 잡문의 나부랭이 주제에 제법 명문 정파 흉내질은 할 줄 아는군!"

한 번 말문이 터지니 청산유수로 모욕을 쏟아내는 마종운이었다.

혜법을 비롯한 명숙들은 심히 당황스러운 상황에 어쩌지 못하고 눈치만 볼 뿐이었다.

대다수는 마종운의 눈치를, 혜법은 반대로 현월의 눈치를 말이다.

그 와중에도 금왕은 희미하게 미소를 머금고 있었다.

그때 당사자인 현월이 약간의 짜증 섞인 어투로 말했다.

"이럴 때가 아니라는 것을 잘 아시지 않습니까?"

그의 목소리는 마종운이 아닌 금왕을 향한 것이었다. 물론 마종운은 그런 현월의 태도를 자신을 무시하는 모욕으로 받아들였다.

"끝까지 본좌를 무시하려는가? 당장 검을 뽑아라! 네놈의 버릇을 오늘 단단히 고쳐 주마!"

암자 전체가 흔들릴 듯한 일갈.

이는 마종운이 지닌 심후한 내력의 증명이라 하여도 과언이 아니었다.

하지만 그 앞에서 현월이 보인 반응은 한숨을 내쉬는 것이 전부였다.

"그렇게나 원한다면."

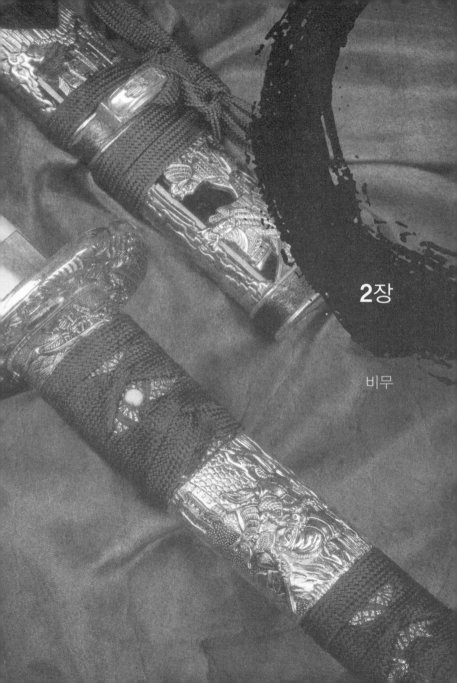

2장

비무

　비무대까지 갈 것도 없었다. 암자의 옆으로는 널찍한 마당이 존재했다.

　마종운은 한 번 발을 띄움으로써 삼 장 거리를 날아가 마당 위에 섰다. 그리고는 애병인 육천검을 뽑아 현월을 겨냥했다.

　"네놈에게 선수를 양보하마! 전심전력을 다해 덤비거라!"

　"……."

　현월은 눈살을 찌푸렸다.

　안 그래도 신경 써야 할 일이 산더미처럼 산재해 있건만, 이런 쓸데없는 자존심 싸움에 장단을 맞춰줘야 하나 싶었다.

그때 지나가는 어조로 금왕이 말을 던졌다.

"지금의 자네가 상대하기에 이보다 적합한 상대도 없을걸세."

"그게 무슨 말씀입니까?"

"나는 저잣거리의 육합권조차 제대로 깨치지 못했지만 무공을 꿰뚫는 안목만큼은 천하의 그 누구도 따르지 못하리라 자부하고 있다네. 그런 내 관점에서 봤을 때, 마종운의 신위는 자네에게 못 미치나 크게 떨어지는 편도 아닐세."

금왕은 빙긋 웃었다.

"다시 말해, 수련 상대로 이보다 적합한 자도 없다는 뜻이지."

"……."

"강적을 상대해야 한다고 말했었지? 내 힘이 필요하다고도 했었지? 그러니 내가 힘을 빌려줌세. 암류방의 모든 영향력을 총동원해 자네에게 먹잇감을 가져다 바치겠네."

"그러니까… 저런 자들을 중원 곳곳에서 물어다 주겠단 말씀입니까?"

"그렇다네. 뭐, 그래 봐야 한둘쯤이 아닐까 싶지만 말이지. 저치쯤 되는 초고수를 찾기란 여간 어려운 게 아니라네."

한가로이 대화를 이어가는 두 사람.

음성을 낮추거나 전음으로 대화하는 것도 아니었기에 암

자에 있던 모든 이가 똑똑히 들을 수 있었다.

좌중의 모두가 당혹감에 얼굴을 붉히는 가운데, 당사자인 마종운의 얼굴은 붉어지다 못해 푸르죽죽하게 변해 있었다.

누가 봐도 머리끝까지 분노가 솟구쳐 오른 모습이었다.

"네놈들이⋯⋯!"

조금 전의 대화만으로도 분명히 알 수 있었다. 금왕이 일부러 자신을 도발했으며, 그 목적은 저 애송이 놈에게 수련 상대를 던져 주기 위함이란 것임을.

다시 말해, 마종운은 저 현월이란 놈에게 있어 그 정도 상대밖에 되지 않는다는 소리였다.

천하의 화산제일검, 육천검주인 그가 말이다.

이보다 더한 모욕이 있을까?

마종운은 머리털이 난 이래 이만큼 분노해 본 적이 없었다.

부들부들 온몸을 떨던 그가 현월을 향해 일갈했다.

"와라!"

쩌렁쩌렁한 음성이 소림사 전체를 흔드는 듯했다.

마종운이 극도로 분노한 상태임에도 먼저 치고 들어가지 않는 것은 자존심 때문이었다. 앞서 선수를 양보하겠다고 했으니 그것은 지켜야 한다고 생각하고 있었던 것이다.

누군가는 명문 정파의 장문인다운 패기라고 떠받들지도 모르겠으나 현월이 보기엔 멍청한 행동에 지나지 않았다.

'어쨌든······.'

상황이 이렇게까지 흘러 버린 만큼, 이제 와 발을 빼기는 어려워 보였다.

금왕의 말 또한 나름대로 설득력이 있어 보였다. 어찌 됐든 강해지는 데 있어 고수와의 실전만큼 효과적인 수련법도 없으니 말이다.

'구경거리가 되는 것이 썩 내키지는 않지만.'

이미 암류방의 결투로 인해 구경거리가 되어본 현월이었다. 이제 와서 새삼 거리낄 게 무엇일까 싶었다.

스릉.

현인검을 뽑아든 현월이 마당을 향해 걸음을 내디뎠다.

그리고 다음 순간 마종운의 뒤편에서 나타났다.

"······!"

사고의 사각을 찌르는 듯한 쾌속!

마종운은 뇌수를 불사르는 듯한 분노가 차갑게 식어버리는 것을 느꼈다.

'이놈!'

빠르다.

보기 드문 초절정 무인인 마종운조차 기척을 따라잡지 못할 만큼.

선수를 양보한다고 했다지만 이렇게나 간단히 배후를 빼

앗길 줄은 몰랐다.

등줄기를 타고 소름이 쫙 돋았다.

그 순간 마종운의 본능이 후방으로부터 날아드는 칼날을 감지했다.

쾅!

마종운은 곧장 바닥을 박차며 전방으로 치고 나갔다. 현인검의 검기가 아슬아슬하게 그의 등허리를 스쳤다. 살갗을 찢지는 못했으나 옷가지가 갈라져서 맨살이 드러났다.

"익!"

마종운은 곧장 신형을 반전시켜 육천검을 휘둘렀다.

파르르륵!

만화조복(萬華調伏)의 일수!

육천검의 궤적으로부터 뿜어져 나온 무형의 꽃잎들이 현월의 주변을 점했다.

검기로 이루어진 꽃잎들은 이윽고 현월을 향하여 뭉쳐들기 시작했다.

전후좌우 사각이 존재하지 않는 신기(神技).

사방에서 에워싸는 공격인 만큼 틈을 노려 빠져나가는 것은 불가능에 가까웠다.

현월 또한 그것을 알고는 호신강기를 한층 강화했다. 결과적으로 내공 대결의 형태가 되었다.

파바바밧!

현월의 주변으로 연신 불꽃이 튀었다. 그것을 바라보는 마종운의 표정이 한층 딱딱해졌다.

'버텨내는가?'

파밧!

현월은 방어에만 그치지 않고 전방을 향해 신형을 날렸다.

만화조복의 검기 감옥을 뚫고 나온 그가 마종운을 향해 검극을 뻗었다.

군더더기 없는 일직선의 찌르기. 별다른 초식도 아닌 기본기에 불과했으나 절정의 속도와 예기가 결합된 이상 여느 오의나 비기에 준하는 위력을 발하게 마련이었다.

쐐애액!

질풍이 몰아쳤다.

마종운은 그 풍압에 맞서 매화만검진(梅花萬劍陣)의 초식을 전개했다.

앞서 펼쳤던 만화조복에 강맹함을 더한 화산검의 절초 중 하나였다.

타앙!

보는 이들의 시야를 멀게 할 듯한 강렬한 섬전이 번뜩였다. 두 고수의 검극이 충돌하며 생긴 불꽃이었다.

이윽고 뒤로 주르륵 밀려나는 것은 마종운이었다.

"큭!"

믿을 수 없다는 얼굴로 침음을 삼키는 그였으나 이내 마음을 다잡고는 기합성을 떨치며 체내의 잠력을 모조리 격발시켰다.

"크하압!"

지금까지는 비무를 상정한 수준의 힘만을 안배했다면, 지금부터는 생사투에 임하는 각오로 싸울 생각이었다. 그런 만큼 최소한의 여력조차 남기지 않을 생각이었다.

'이놈은 단순한 애송이가 아니다!'

놈의 시건방진 언행이나 금왕의 도발 따윈 아무래도 좋았다.

분명한 것은 놈의 실력이 화산의 장문인인 자신을 웃돌지도 모른다는 점이었다.

'아니! 그럴 리는 없다!'

마종운은 자신의 마음속을 향하여 일갈했다. 그를 오늘날의 이 자리까지 올려놓은 자존심의 발로였다. 그것은 곧 승리를 향한 열망과 결합되어 마종운의 투지를 산불처럼 불러일으켰다.

"죽더라도 나를 원망하지는 마라!"

화륵!

마종운의 신형을 중심으로 적색의 강기가 폭발적으로 솟

구쳐 올랐다.

지켜보는 이들이 절로 침음을 삼킬 만큼 위압적인 기운이었다.

화산검의 정점이라 불리는 태을천강기(太乙天罡氣)가 발현된 것이다.

이것이야말로 마종운의 십이성 내력을 고스란히 쏟아부은 절예라 할 수 있었다.

"오오!"

"으음……!"

둘의 비무를 지켜보던 이들이 기묘한 침음과 탄성을 뱉었다.

반면 혜법은 굳은 표정을 지을 따름이었다.

'이미 비무의 수준을 넘어섰다.'

앞으로 나서서 이 싸움을 중단시켜야 했다.

지금 멍하니 있다간 둘 중 하나는 시체가 되어 실려 나갈 것이 분명했다.

그 기미를 눈치챈 듯 금왕이 운을 뗐다.

"걱정하지 않아도 괜찮을게요."

"그게 무슨 말씀이오?"

"대사께선 저 사내에 대해 얼마나 알고 계시오?"

선문답 같은 반문에 혜법은 의아한 눈으로 금왕을 바라봤다.

'얼마나 알고 있느냐고?'

실로 대답하기 애매한 질문.

금왕이 일컬은 저 사내라는 게 마종운일 리는 없겠다는 생각만이 머릿속을 맴돌 뿐이었다.

금왕이 나직이 말을 이었다.

"나는 그 자리에 있었다오."

"……?"

"화무백과 백진설이 동귀어진(同歸於盡)했던 자리. 평생 다시 만나지 못할 두 거인의 싸움이 결착을 맺은 자리 말이외다."

"……!"

혜법의 눈동자가 가늘게 떨렸다.

불가에 귀의한 몸이긴 하나 쉽게 씻어낼 수 없는 것인 호승심인지라 두 고수의 이름 앞에 절로 심중이 흔들리는 것은 어쩔 수가 없었다.

금왕의 말이 이어졌다.

"저 친구도 그 자리에 있었소."

"저 친구라면, 현 시주가 말이오?"

"그렇다오."

마치 그날의 일을 천천히 되새기듯 금왕이 느릿하게 고개를 끄덕이며 말했다.

"그날의 일전은 고스란히 저 친구의 경험이 되었을 터. 만약 그런 거라면, 어쩌면 무림은 다시금 격동하게 될는지도 모르겠소."

"무림이 격동한다?"

혜법은 자연적으로 드는 반감을 애써 가라앉혔다.

그러나 이미 무림은 충분히 격동하고 있지 않은가 하는 생각을 좀처럼 씻어낼 수가 없었다.

혈교가 오랜 잠에서 깨어나 준동했고 무림맹은 수뇌부를 소실했다.

근래에 보기 드문 위기가 강호를 뒤흔드는 와중이 아니던가.

그로 인해 수많은 군웅이 이곳 숭산을 찾아온 것이고 말이다. 한데 금왕은 그 모든 사건들에 별반 관심이 없는 모양새였다.

아니, 그보다는 지금까지의 모든 사건을 합쳐 봤자 저 사내에 대한 관심만 못한 것처럼 보였다.

'현월이라는 저 젊은 시주에게 그 정도의 능력이 있다는 것인가?'

물론 혜법 또한 현월에게 큰 도움을 얻었다. 기실 현월의 개입이 아니었다면 소림사는 유설태의 손아귀에서 놀아나게 됐으리라.

하지만 현월의 무위가 세상의 정점을 논할 정도는 아니라는 게 그의 솔직한 감상이었다.

　나이를 감안한다면 놀라운 수준이며, 하남성 내에서도 상대를 찾기 힘들 정도이긴 하나, 천하제일에 거론될 정도는 결코 아니었던 것이다.

　'하지만 그때보다 한층 성장한 상태라면?'

　백진설과 화무백, 그리고 무림맹주 남궁월.

　강호의 정점이라 불리던 세 고수가 사라진 지금이라면 현월의 무위는 천하제일을 논함에 부족함이 없을지도 모른다.

　비록 그게 대호가 사라진 산을 차지하는 일이라 하더라도 말이다.

　'한데……'

　혜법의 시선이 다시 현월과 마종운의 비무로 옮겨 갔다. 그 사이 그들은 이미 수차례의 공방을 주고받은 직후였다.

　결과적으로 둘을 말릴 시기를 완전히 놓쳐 버렸다.

　이제는 어느 한쪽이 쓰러지기 전엔 멈출 수 없어 보였다.

　그리고 혜법은 눈앞에서 펼쳐지고 있는 광경에 더 이상 다른 생각을 떠올릴 수가 없게 되었다

　"허어……!"

　태을천강기의 검강 다발이 사방을 수놓고 있었다.

　그리고 그 빛살 사이를 교묘하게 빠져나가고 있는 하나의 신형.

현월이었다.

"네놈!"

마종운은 기가 막힌 심정이었다.

절학 중의 절학이라 자부해 온 태을천강기이거늘 저 애송이 놈은 별다른 타격을 입지 않은 채 공격을 흘려내거나 회피하고 있었다.

"미꾸라지 같은 놈!"

머리끝까지 치솟은 분노에 일갈을 토해냈으나 감정과 달리 이성은 현실을 직시하기 시작했다.

놈의 실력이 자신보다 한 수 위라는 현실을.

휘릭!

현월의 신형은 그대로 흑색 질풍으로 화했다.

암천비류공의 무위가 십성에 이르렀음을 증명하는 흑월풍형(黑月風形)의 경지.

다시 말해 현월의 무위가 회귀하기 이전의 경지를 능가했다는 의미였다.

회귀 이후 이어진 고수들과의 연전은 현월의 무위를 빠르게 회복시켰다.

그 덕에 현월은 일 년이 채 지나지 않은 사이에 과거의 힘을 거의 대부분 되찾을 수 있었다.

다만 빠른 성장에 따른 반동으로 인해 일시적으로 벽에 가로막힌 적도 있었다.

그러나 그때 시기적절하게도 천유신, 즉 천겁마신 화무백을 만나게 되었다.

'그리고 백진설이 나타났다.'

두 사람의 일대결전은 현월에게 있어 큰 깨달음의 계기가 되었다.

물론 그 당시엔 아무것도 인지하지 못했지만 두 고수가 내뻗는 권격 하나하나, 내딛는 걸음 하나하나가 무의식중에 현월의 뇌리에 깊숙이 박힌 상태였다. 그리고 시간은 그 기억을 자연스럽게 육체에 녹아들게 만들어주었다.

'그리고……'

또 한 명의 역천자, 무림맹주 남궁월의 행세를 하고 있던 제갈철과의 만남.

그것이 계기가 되어 현월의 무위를 다시금 진보하게 만들었다.

그 와중에 현월 또한 죽음의 위기를 맞았으나, 소천호가 대신 죽음으로써 자신의 죽음을 유보하게 되었다.

물론 지금의 현월이라 해도 제갈철과의 격차는 완연하다는 걸 인정할 수밖에 없었다. 그러나 과거에 비해, 그리고 회귀하기 전의 자신에 비해 크게 진보했음은 분명한 사실이었다.

결과적으로, 현월의 무위는 마종운을 가볍게 뛰어넘고 있었다.

파바밧!

맹렬한 기세로 몰아치는 태을천강기의 검강 다발들. 어느 누가 봐도 죽음이란 귀결만이 그려지는 실로 위력적인 강공이었다.

그러나 현월의 머릿속에는 그 각각의 다발이 향하게 될 위치와 점하게 될 공간이 본능적으로 그려지고 있었다.

그야말로 무아지경.

오감을 넘어선 또 다른 감각이 각성한 것만 같은 초월적인 경지.

그것이 지금의 현월, 암천비류공 십성의 경지에 오른 각성자의 무위였다.

파밧!

흑색 질풍이 몰아쳤다.

노도와 같은 바람의 파편이 마종운의 인중을 향하여 쇄도했다. 그것은 마종운의 코앞에서 주먹의 형태로 화하여 몰아쳤다.

쾅!

채찍질하듯 검병을 휘두르던 마종운의 고개가 뒤로 확 젖혀졌다.

동시에 그의 콧구멍으로부터 핏물이 걸쭉하게 터져 나왔다.

　"크윽!?"

　마종운이 기괴한 신음성을 토했다.

　고통이나 분노보다도 황당함에 가까운 반응이었다.

　그럴 수밖에 없는 게 별안간 눈앞에서 뭔가가 번쩍했다는 느낌만을 받았기 때문이다.

　다시 말해, 조금 전 현월의 움직임을 조금도 쫓지 못했다는 것.

　그 사실을 깨달은 순간 마종운의 등허리로 쭈뼛 소름이 돋았다.

　'말도… 안 되는!'

　뻐억!

　제이격은 명치였다.

　이번엔 현인검의 검병 끝으로 찍은 것이었는데, 앞서와 마찬가지로 마종운의 호신강기를 가볍게 파훼하고는 명치를 찔러 들어갔다.

　"꺼… 억……!"

　마종운이 숨넘어가는 소리를 토했다. 하기야 인위적으로 단련할 수 없는 급소를 강타당한 마당이니, 초고수라 한들 무사할 리가 없었다.

털썩.

마종운은 한쪽 무릎을 꿇었다.

불가항력. 머리와 자존심은 어떻게든 버티려 했으나 몸이
말을 듣지 않았다.

현월은 거기서 멈추지 않고 그의 육천검을 발로 차냈다.

덜그렁.

육천검은 허무하리만치 간단히 마종운의 손을 떠나 땅에
널브러졌다.

"……."

"……."

진득한 고요 속에 관전자들이 뿜어내는 무거운 호흡과 한
숨 소리만이 들릴 뿐이었다.

"크, 으으……."

마종운은 부릅뜬 눈으로 현월을 올려다봤다.

경악과 분노, 당황과 공포가 그의 눈동자 안에 공존하고 있
었다. 현월은 그런 마종운을 담담한 시선으로 내려다봤다.

기실 현월은 속으로 괜한 짓을 했다고 생각하고 있었다.

'적당히 상황을 넘길 수도 있었다.'

본디 그는 앞으로 나서길 기꺼워하는 성격이 결코 아니었
다.

애초에 밝고 활달한 성격도 아닌 데다, 유설태에게 속아 암

제로서 암약했던 수십 년의 시간 동안 성격이 더욱 폐쇄적으로 변해갔던 까닭이다.

그런 만큼 남들의 눈에 띌 법한 짓을 굳이 사서 할 이유가 없었다.

한데 이번 비무로 인해 앞일이 귀찮게 되어버린 것이다.

물론 금왕이 내건 조건이 매혹적이기는 했다. 적당한 수련 상대. 지금의 현월에게 있어 그것만큼 구하기 어려운 것도 없었으니 말이다.

확실히 마종운과의 짧은 비무는 많은 것을 되새기는 계기가 됐다.

현재 현월이 지닌 무위의 수준을 되돌아 볼 수 있었고 백진설과 화무백에게서 얻어낸 공부를 고스란히 체화하기도 했다.

그러나 앞으로 이래저래 귀찮아지리라는 것만은 분명한 상황.

너무나 많은 이에게 실력을 노출해 버린 것은 부정하기 힘들었다.

'나도 약간은 변한 걸까?'

현월은 피식 웃었다.

금왕의 수작에 넘어갔다고는 하나, 그가 넘어가지 않기로 마음만 먹었다면 마종운과 일전을 벌일 일은 없었을 것이다.

애초에 마종운이 뭐라 떠들든 상대하지 않고 넘기기만 했어도 됐을 터.

하지만 현월은 그러지 않았다. 비무를 신청한 쪽은 마종운이었으나 현월 또한 이에 암묵적으로 동의한 것이나 다름없었다.

아마도 그것은 성장한 자신의 힘을 시험해 보고픈 마음의 발로였을 것이다.

'그 결과가 이것이군.'

현월은 주변을 한차례 둘러보았다.

경악에 가득 찬 시선들이 화살처럼 날아와 꽂히고 있었다.

그것은 바로 앞에 무릎 꿇은 마종운 또한 마찬가지였다.

빙긋 미소 짓고 있는 금왕을 제외한다면 장내에 모여 있는 이들의 심정은 아마도 동일할 터였다.

'대체 이 괴물은 뭐지?'

그리고 그들의 대표 격으로 입을 연 사람은 마종운이었다.

"네, 네놈은 대체 뭐냐!"

"현검문의 현월."

현월은 그저 그렇게만 대꾸했다.

마종운은 망치로 한 대 얻어맞은 표정을 하다가, 화들짝 놀라서는 소리쳤다.

"그, 그건 말도 안 되는 소리다! 네놈의 무공에서 느껴지는 것은 분명 사특한 기운이었단 말이다!"

"당신이 휘두른 검격처럼?"

"뭐라고?"

현월은 차가운 눈으로 마종운을 내려다봤다.

"중반부터는 나를 죽일 각오로 살초를 펼치지 않았나? 어느 누가 이 싸움을 단순한 비무라고 생각할지 의문이군."

"큭! 그것은……."

마종운은 할 말이 궁색해졌다.

현월을 죽이고자 살초를 펼친 것은 부정할 수 없는 사실이었기 때문이다.

어디까지나 비무에 불과한 대결에서 살초를 펼쳤다. 그보다 사특한 손속이 또 있을까? 입이 두 개여도 할 말이 없는 일이었다.

기실 애초부터 마종운은 현월을 나무랄 입장이 되지도 못했다.

군소문파라는 이유만으로 현검문을 얕봤던 것도, 현월을 무명소졸이라 단정 짓고는 시비를 걸었던 것도 어디까지나 그였으니까.

다만 자존심 때문에 그 사실을 인정할 수 없을 따름이었다.

'썩어 빠졌군.'

현월은 내심 혀를 찼다.

이는 비단 마종운만의 문제가 아닐 터였다.

그 하나만이 썩어 빠진 것이 아닌, 백도무림 전체가 썩어 빠졌다고 해도 과언이 아닐 것이었다.

명문 정파라 불리는 이들은 강력한 권세를 등에 업고 약자들을 핍박하고 우습게 여긴다.

협의라는 단어는 비웃음거리로 전락한 지 오래.

무사들이 있어야 할 자리를 차지한 것은 정치꾼들뿐이었다.

"그만하시오, 마 장문인."

어느새 다가온 혜법의 한마디에 마종운은 이를 악물었다. 이는 물론 혜법 나름대로의 배려였다. 가만히 있었던들 마종운의 입장만 난처해졌을 테니까.

하나 사람의 마음이란 간사한 것인지라 마종운은 그러한 혜법에게도 분노를 느끼고 있었다.

다만 지금은 상황이 상황이다 보니 속으로만 삭일 따름이었다.

"패배는 패배. 현 시주에게 사과하고 이 일을 매듭짓도록 하시오."

"큭!"

반사적으로 반감을 드러내는 마종운이었다. 패배했다는 사실은 그 또한 느끼고 있는 바였으나 역시 자존심 때문에 쉬이 입을 떼기가 어려웠다.

"마 장문인."

"……"

혜법의 종용에 마종운이 어쩔 수 없이 입을 떼려는 찰나.

"필요 없습니다."

그 한마디를 남긴 현월이 몸을 돌렸다.

"아무래도 제가 잘못 생각했던 모양입니다."

"그게 무슨 말인가?"

혜법의 질문에 현월은 싸늘한 눈으로 주변을 훑었다.

"이런 꼬락서니로는 혈교의 준동을 막아낼 수 없을 거란 말입니다."

"……!"

"그 무슨!"

무림 명숙들이 누가 먼저랄 것 없이 울컥했다. 다만 현월의 압도적인 무위를 목도한 이후인지라 그 이상의 반감을 표하지는 못했다.

마종운을 가볍게 농락한 이상, 현월의 무위는 백도무림 내에서 세 손가락 안에 드는 셈.

그런 그를 감히 적대할 만큼 간 큰 무인은 없었던 것이다.

물끄러미 사태를 관망하던 금왕이 넌지시 물었다.

"그래, 이제 어찌할 생각인가?"

"현검문으로 돌아갈 겁니다."

"그 말은 곧 이곳에서 창설될 백도무림 연맹과는 선을 긋겠다는 뜻인가?"

"선을 긋고 말고 하는 결정을 내릴 사람은 제가 아닙니다."

"흠. 현검문주 현무량, 자네의 아버지가 정할 일이란 말이군."

현월은 더 대꾸하지 않고서 걸음을 떼었다. 그의 신형이 삽시간에 수십 장을 나아가서는 모두의 시야에서 사라졌다.

"상황을 악화시켰구려, 금왕."

어느새 다가온 혜법의 말에 금왕은 픽 웃었다.

"오히려 잘된 일 아니겠소? 완전히 썩어버리기 전에 곪은 상처를 터뜨렸으니 말이오."

"곪은 상처라 하셨소?"

"그렇소이다."

금왕은 경멸 어린 눈으로 마종운을 내려다봤다. 그 싸늘한 시선에 마종운은 이를 악물었다.

"큭!"

"저치를 비롯한 백도무림의 수좌들은 하나같이 동일한 목표를 지니고 있었소. 이곳에서 새로이 신설될 백도무림 연맹의 일좌를 차지하는 것이지."

"으음."

"한데 그중에서도 돋보인다고 할 수 있는 마종운이 정체불명의 무사에게 굴욕을 당하고 말았소. 더군다나 그 젊은 무사의 배후에는 소림사의 방장께서 떡하니 계시고 말이오."

"그, 그것은."

혜법의 얼굴에 당황한 기색이 스쳤다.

"빈승과 현 시주는 별반 관계가 없소이다."

"타인들의 눈에는 그렇게 비치지 않는다는 점이 중요한 것이외다. 결과적으로, 방장께선 앞으로 신설될 연맹 내에서 상당한 영향력을 지니실 수 있을게요."

"하지만 그것은……."

"정치꾼들의 방식이지. 하지만 지금으로선 필수적인 것이기도 하오. 신생 연맹에 있어 가장 중요한 것은 사방에서 몰려든 세력들을 결집시킬 수 있는 강력한 힘이니 말이외다."

"으음."

혜법으로선 반박할 수가 없는 얘기였다.

그 또한 인간의 생리에 대해선 잘 알고 있었기 때문이었다.

가장 크게 협의와 도리를 부르짖는 이들이야말로 약삭빠르고 이기적이며 계산에 능하다는 것을 말이다.

'거기까지 내다보고 이번 상황을 만들어낸 것인가? 과연 금왕, 중원을 배후에서 쥐고 흔드는 사내로구나.'

다만 문제라면 진정한 구심점이 될 현월이 휑하니 떠나 버렸다는 것.

자연히 그에 대한 대책도 있을 것인지 궁금해지는 혜법이었다.

그 시선을 느낀 금왕이 쓴웃음을 지었다.

"이제 남은 것은 현월 본인의 선택이외다."

3장

짧은 고민

    암자를 벗어난 현월은 그대로 내달렸다.

    불어오는 역풍을 온몸으로 맞으며 한껏 뒤엉킨 머릿속을
진정시키기 위해.

    수많은 생각이 뇌리를 두들겼다.

    그중에서도 단연 두드러지는 것은 제갈철에 대한 생각이
었다.

    '놈과 나 사이의 격차는?'

    현월은 소천호와 함께 무림맹 본부를 급습했던 날을 떠올
렸다.

그때 처음으로 맞닥뜨린 또 다른 역천자, 제갈철. 그는 맹주 남궁월의 행세를 하고 있었고, 현월에게 회귀대법의 비밀을 모조리 털어놓았다.

그의 무위는 실로 압도적이었다. 현월은 물론이고 소천호 또한 현 무림 내에서 적수를 열 이상 찾기 힘든 강자였건만, 제갈철의 무위는 문자 그대로 격이 다른 수준이었다.

'그자가 지금 당장 마음만 먹는다면 모든 것을 끝장낼 수 있을 것이다.'

신백도무림 연맹은 아직 제대로 된 기틀조차 닦이지 않은 상태로 북진 중인 혈교의 무리를 막아내는 것만으로도 벅찰 지경이었다.

단결된 힘을 제갈철 하나에만 쏟아부어도 모자랄 판에 제대로 된 구심점조차 존재하지 않았다.

실로 누더기와도 같다고 할 수 있을 터.

제갈철에게 있어선 요리하기 쉬운 먹잇감, 그 이상도 이하도 아닐 것이다.

그렇다고 백도무림의 힘을 응집시키는 것이 간단할 것인가. 그 또한 쉽지 않아 보였다.

그 사실을 조금 전 마종운과의 비무로 여실히 깨닫게 된 현월이었다.

실로 수많은 군웅 및 명숙이 승산을 찾았다고 하나, 그들이 진실로 추구하는 것은 대의나 의협 같은 것이 아니었다.

그들은 그저 자신들의 문파와 가문, 파벌에 이로운 것만을 취하려 들 따름이었다.

그것이 명성이 되었든 금력이 되었든 말이다.

그런 이들을 하나로 봉합한다?

결코 쉬운 일이 아님이 분명했다.

'제갈철 그자도 이 같은 심경이었던 것이겠지.'

현월은 자신도 모르는 사이에 제갈철에게 동질감을 느끼고 있었다.

물론 그에 대한 적대감은 분명한지라 이내 정신을 다잡기는 했지만.

어쩌면 제갈철은, 내심 이런 것을 기대했던 것인지도 모른다.

'내가 자신과 같은 상황을 겪기를 바라는 건가?'

제갈철의 속내까지는 현월이 알 수가 없는 일. 다만 그가 털어놓았던 얘기들을 종합하자면, 제갈철은 지독한 고독감에 휩싸여 있었던 것이 분명했다.

혼자서 겪어야 하는 수백 번의 회귀.

한데 이어놓으면 족히 수천 년의 규모가 될 어마어마한 시간…….

그것을 겪는 동안 미치지 않는다는 것은 불가능한 일이리라.

어쩌면 그렇기에 제갈철은 또 다른 역천자를 만들어낸 것인지도 몰랐다.

바로 암제, 현월을.

'그리고 그렇다는 것은…….'

현월 또한 앞으로 수백 번이 넘는 회귀를 거치게 될지도 모른다는 것.

제갈철이 그랬던 것처럼 말이다.

그 생각을 하자마자 아찔해졌다.

동시에 자신과 연루된 모든 상황이 아득히 멀어지는 느낌이었다.

지금, 이번의 삶에서 무슨 짓을 해도 의미가 없다. 어떠한 노력을 기울이든, 어떠한 고통과 어떠한 슬픔을 겪게 되든 의미는 없는 것이다.

회귀하고 나면 모든 것이 원래대로 돌아가 있을 테니까.

설령 이번 생에서 제갈철의 야욕을 분쇄한다 하더라도, 혹은 그의 손에 처절한 죽음을 맞게 되더라도.

정해진 삶이 지나고 다시 눈을 떴을 때, 모든 것이 변하지 않은 과거로 돌아가게 된다면…….

"크……."

현월은 자기도 모르는 사이에 침음을 흘렸다.

상상하는 것만으로도 이렇게 아득해질 따름인데, 그것을

직접 겪은 제갈철의 심정이 어떠했을지는 짐작조차 가지 않았다.

'나는 대체 어찌해야 하지?'

"괜찮아요?"

익숙한 목소리가 등 뒤에서 들려왔다.

현월은 실타래처럼 헝클어진 머릿속을 애써 정리한 다음 몸을 돌렸다.

물론 정리라고 해봤자 억지로 생각을 치워둔 것에 지나지 않았다.

현월을 부른 이는 흑련이었다.

"괜찮은 거예요?"

흑련이 재차 물었다. 얼굴에는 걱정 어린 기색이 완연했다.

안 그래도 새하얀 피부가 달빛을 받아 한층 창백해 보였다.

현월은 그녀의 얼굴에서 시선을 뗐다.

보이는 거라고는 빼곡하게 들어찬 침엽수들뿐. 그리고 보면 정처 없이 내달리기만 한지라 대체 여기가 어딘지조차 알 수가 없었다.

"여기는……."

"숭산 남부의 숲이에요."

"숲……?"

현월의 미간이 찌푸려졌다.

동시에 흑련의 표정 또한 한층 경직되었다.

평소의 현월답지 않은 반응이라는 사실을 깨달은 까닭이다.

그녀의 눈이 잘못된 게 아니라면 지금 현월의 얼굴에 그림자처럼 드리워져 있는 감정은 완연한 공포였다.

'대체 무엇을 두려워하는 거지?'

흑련은 당황스러웠다.

"무슨 일이라도 있었던 거예요?"

현월의 행색과 표정 등은 도망자의 그것과 무척이나 닮아 있었다.

그러나 흑련은 현월이 누군가로부터 패배하거나 도망치는 모습을 도저히 떠올릴 수가 없었다.

강호를 긴장하게 하던 세 명의 강자가 모조리 사라진 지금, 대체 누가 저 사내를 겁에 질리게 할 수 있단 말인가?

'아니, 한 명이 있긴 하구나.'

흑련은 마음속으로 중얼거렸다.

'자기 자신.'

만약 그녀의 추측이 옳은 거라면, 어쩌면 상황이 생각보다 복잡해질 수도 있었다.

'설마 심마에 빠졌다거나 한 것은……?'

일정 경지에 접어든 무인은 타인을 조심하는 것만큼이나 자기 자신을 조심해야만 한다.

언제 어느 순간, 무엇이 계기가 되어 심마에 빠져들지 알 수 없기 때문이다.

강렬한 살의나 압박감 때문일 수도 있고, 무공에 대한 지나친 고민 등이 이유일 수도 있다.

하나 분명한 것은, 그중 무엇이 이유가 되었건 간에 심마의 여파는 심각할 수밖에 없다는 점이었다.

나아가 자칫 주화입마에라도 빠지게 된다면, 절세의 무인이 한순간에 폐인이 되어버릴 터.

어쩌면 그것이 무인의 숙명인지도 몰랐다. 범부에게 있어선 단순한 고민에 불과한 것조차, 수명을 위협할 수 있는 골칫거리가 된다는 것이.

그렇기에 흑련은 조심스러울 수밖에 없었다. 지금의 현월은 그녀가 알고 있는 무인 중 가장 위험한 사내였으니까.

무위야 애초부터 화무백이나 백진설 같은 괴물들을 제외한다면 자웅을 겨룰 이가 손에 꼽을 정도였다. 하나 흑련은 그 둘을 상대하는 것보다 현월을 상대하는 것이 훨씬 두려운 일일 거라고 확신했다.

현월은 단순한 무인이 아닌 철저하게 상대를 부수고 짓이기고 찢어발기는 데에 특화된 암살자였다.

실제로 백진설의 숨통을 끊은 것도 현월이 아니던가. 비록 백진설이 방심하고 있었다고는 하나, 무위의 차이가 명백한 상태였음에도 현월은 단 일격으로 그의 생명을 끝장내 버렸다.

더군다나 지금은 그때에 비해서 일취월장한 상황, 현월이 마음을 먹는다면 천하의 그 누구라도 밤을 두려워하게 될 것이 분명했다.

흑련은 목소리를 가다듬었다.

그리고 최대한 현월을 자극하지 않게끔 조심스러운 어조로 설명했다.

"암자에서 얼마 떨어지지 않은 곳에서 당신이 돌아오길 기다리고 있었어요. 한데 갑자기 신형 하나가 무서운 기세로 치닫더군요. 그게 당신이란 걸 금방 깨닫고 바로 뒤쫓아온 거예요."

"……"

"괜찮은 건가요?"

현월은 돌연 쓴웃음을 지었다.

"세 번째로군."

"네?"

"네가 그 질문을 한 횟수. 네 성격에 세 번씩이나 같은 질문을 하는 걸 보면, 내가 어지간히도 상태가 안 좋아 보이는

모양이지?'

'그래요' 라는 말이 목구멍까지 치솟았지만 지금은 언행을 조심해야 하는 상황이었기에 흑련은 그 말을 애써 삼켰다.

"난 괜찮아."

현월이 말했다.

"무슨 일이 있었던 건가요?"

"별것 없었어. 사소한 오해로 인해 비무를 했을 뿐."

"사소한 오해라니요?"

"자세한 건 금왕, 그 노인네에게 물어봐."

평소처럼 냉소적인, 그러나 어딘지 모르게 가벼운 어조. 아마도 흑련을 안심시켜 주기 위함인 듯했다.

그래서 흑련은 마음을 놓기로 했다. 현월이 괜찮다고 말한다면 정말 그런 것일 테니까.

"일은 잘 해결되었나요?"

"글쎄. 그건 조금 더 지켜봐야 알 수 있겠지."

"알겠어요. 그럼 이제는 어떻게 할 생각이죠?"

"우선은."

현월은 고개를 돌렸다.

멀리 울퉁불퉁하게 치솟은 암반 사이로 소림사의 지붕들이 언뜻언뜻 보였다.

"바로 여남으로 돌아가는 게 나을 것 같군. 유화란을 불러

오도록 해."

"알겠어요."

흑련은 길게 묻지 않고 신형을 날렸다.

지금은 현월에게 시간을 주는 것이 낫다고 판단한 것이리라.

"확실히 사려 깊단 말이지."

다시 혼자 남게 된 현월은 자리에 주저앉았다. 자기도 모르게 무거운 한숨이 흘러나왔다.

잠시 치워 두었던 상념들이 재차 머릿속을 들쑤시기 시작했다.

그 상념들이 가리키는 바를 하나의 문장으로 요약하자면, 아마도 다음과 같을 터였다.

'앞으로도 수백 번 반복하게 될 이 지루한 삶 앞에, 과연 어떻게 대처해야 할 것인가?

그러나 이것은 애초에 답이란 게 있을 수가 없는 질문이었다.

아니, 그 답이란 것을 한두 마디의 말로 끝낼 수가 없다고 하는 것이 더 정확한 표현이리라.

삶이란 몇 자의 글귀만으로 정의할 수 있는 것이 아니었으니까.

'그저 살아갈 따름이란 건가.'

현월은 머릿속이 다소 맑아지는 것을 느꼈다. 완벽한 정답이라고는 할 수 없겠지만, 당장은 이 정도만으로도 충분하리라는 생각이 들었다.

그 사이 흑련이 유화란을 데리고 돌아왔다. 오는 사이에 대강 설명을 한 듯 유화란은 현월에게 뭐가 어떻게 된 것이냐고 묻지 않았다.

그렇기에 현월 또한 그저 담담히 말할 따름이었다.

"일단은 돌아갑시다, 집으로."

*   *   *

그것을 천우신조라고 해야 할지, 유설태는 도저히 알 수가 없었다.

암후, 미우는 원래의 기억을 되찾았던 게 마치 스쳐 지나간 꿈인 것처럼 다시금 이지를 상실한 상태로 돌아갔다.

다시 전선에 뛰어든 그녀는 한층 강력해진 무위를 앞세워 문파들을 파멸시켰다. 혈교의 군세는 암후의 무력을 앞세워 호남성 일대를 한 달이 채 되지 않는 시간 동안 초토화시켰다.

물론 호남성엔 내로라하는 명문은 존재하지 않았다.

그러나 동정호와 그 남부의 장사(長沙)를 중심으로 상당수의 군소 방파들이 연합을 맺은 상태였고 그 규모와 기세는 결코 대문파들에 비해서도 뒤떨어지지 않았다.

이른바 호남성 연합이라 할 수 있는 그 세력은 장사 및 인근의 백도 문파들과 동정호의 수적들이 힘을 합친 결과물이었다.

혈교 북진이라는 초유의 사태가 그들을 연합하게 만든 것이다.

녹림도 및 수적들은 본디 혈교가 처음 준동했을 때 쾌재를 불렀었다.

혈교의 주적은 어디까지나 백도무림일 테니, 자신들은 한 발 떨어진 채 불구경이나 하며 이윤을 추구하겠다는 심산이었던 것이다.

그러한 흑도 무리의 생각이 뒤집히게 된 것은 해남이 쑥대밭이 되고 난 뒤의 일이었다.

혈교는 정과 사, 백과 흑을 가리지 않았다. 북진하는 그들의 진로 상에 있는 것이라면 그게 무엇이 되었든 닥치는 대로 분쇄해 버렸다.

동정호의 수적들은 뒤늦게 정신을 차렸다.

그리고 때마침 장사에서 깃발을 세운 문파 연합에 손을 내밀었다.

백도와 흑도가 손을 잡은 초유의 사태.

혈교는 준동한 이래 처음으로 제대로 된 적대 세력과 맞닥뜨리게 된 셈이었다.

'그러나……'

만박서생 유숭은 쓴웃음을 지었다.

"그 장렬한 저항도 한 달을 넘기지 못했군."

그는 동정호의 호반 앞에 서 있었다.

갓 피어난 햇살을 받은 호수의 수면이 수십 가지의 색상을 공기 중에 흩뿌리고 있었다.

왜가리인지 백로인지 모를 새들이 한가로이 노니는 가운데 먼 산으로부터 짝을 찾는 지빠귀의 울음소리가 들려왔다.

그야말로 평화롭기 그지없는 전경이었다.

그러나 조금만 시선을 옮겨본다면, 그리고 흘러드는 미풍의 향취를 조심스럽게 맡아본다면 알 수 있으리라, 햇살이 피어나기 전에 이곳에서 무슨 일이 있었는지를 말이다.

유숭은 고개를 살짝 돌렸다.

진한 혈향과 함께 그의 시야 가득 호반의 일부를 메운 시체들의 모습이 들어왔다.

최후까지 저항하던 이름 모를 수로채의 수적들이었다. 그리고 그 시체의 산 중턱에 가만히 앉아 있는 여인이 한 명.

한가로이 발을 까닥이는 그녀는 암후였다.

"아무래도 그녀가 얻은 것은 분명한 기연이었던 모양입니다."

태평스레 중얼거리는 유숭의 뒤로 하나의 신형이 나타났다.

신형의 주인은 물론 유설태였다.

그는 기이한 열기가 들어찬 시선을 암후에게 고정하고 있었는데, 이는 요 한 달 동안 유숭이 수백 번도 더 목도한 광경이었다.

마치 세상의 모든 고민을 다 짊어지기라도 한 것 같은 얼굴.

그러나 물어본다고 해도 그 고민이 무엇인지는 대답하지 않으리라.

실제로 유숭이 추궁을 해보아도 유설태는 고집스럽게 침묵할 따름이었으니까.

그래도 한 가지만은 분명했다.

유설태는 암후에게 기연을 가져다준 자에 대해 어느 정도 알고 있다는 것.

'그 존재가 우리의 앞날에 변수가 되지 않았으면 좋겠건만.'

혈교의 기세는 그야말로 파죽지세였다.

병력의 규모는 처음 준동했을 때보다 오히려 늘었다. 항복하는 이들 중 실력 있는 자들을 추려내어 받아들인 결과였다.

물론 그들은 기본적으로 방패막이로 써먹을 계획이었다.

그래도 거기서 살아남아 공을 세운다면 당당한 혈교의 일원으로 받아들일 계획이었다.

호남성 연합의 무인들이 지리적 이점과 머릿수를 앞세워 항전했다지만, 기껏해야 한 달의 시간을 벌었을 따름이었다.

이 정도라면 백도무림 전체를 상대한다 하더라도 승산이 있었다.

더군다나 강호의 구심점이 되어야 할 무림맹이 풍비박산 난 지금이라면 말할 것도 없었다.

'다만 문제라면…….'

유숭은 유설태를 힐끔거렸다.

현 시점에 있어 혈교의 상징적인 존재는 암후라고 해야겠지만, 실질적인 지도자를 꼽으라면 역시 유설태의 이름을 말할 수밖에 없었다. 실제로 최종 결정권을 지닌 것 또한 유설태니 말이다.

한데 그러한 입장에 있는 유설태가 왠지 모르게 북진을 꺼리는 눈치였다.

'대체 왜?'

유숭으로선 도저히 이해할 수 없는 일이었다.

애초에 강력하게 강호 정벌을 주장했던 것은 유설태가 아니던가?

한데 여러 조건 면에서 훨씬 유리해진 지금에 이르러서는 주저하는 기색을 보이고 있었다.

그에 대한 이유라도 속 시원히 말해준다면 또 모르겠지만 유설태는 침묵하고만 있을 따름이었다.

'애초에 구태여 저 수적 나부랭이들의 씨를 말릴 필요도 없었다.'

호남 연합이 장사 전투에서 패배한 시점에서 이미 쳐부술 이유가 사라진 패잔병에 불과한 자들이었다.

그냥 무시하고서 북진하더라도 후환이 남을 가능성은 전무했다.

그런데도 유설태는 고집스럽게 추격 섬멸을 명했다. 기실 한 달이란 시간이 소요된 데엔 이런 불필요한 추격전이 큰 몫을 했다.

그 과정 자체야 일방적인 살육이었기에 혈교도들은 크게 불만을 터뜨리진 않았다.

애초에 백도무림에 대한 복수심이야 윗선을 움직이는 이유일 뿐이고, 말단 무인들의 경우엔 사람을 쳐 죽일 수만 있다면 아무래도 좋았다.

그러나 그들조차도 이제 조금씩 지루함을 느끼고 있는 차였다.

"어찌 되었든 집요한 추격 끝에 수적들의 잔당을 일소했습니다."

유숭이 나직한 어조로 운을 뗐다.

"이제는 다시 북진을 재개할 시점이라고 생각됩니다만."

"…그럴 테지."

짧은 침묵을 뒤로 하고 유설태가 대답했다. 그 찰나간의 침묵이 왠지 거부의 의미로 느껴지는 것은 유숭의 착각만은 아닐 터였다.

그 이질감을 애써 무시한 채 유숭은 말을 이어 갔다.

"이제는 호북성이 가시권입니다. 조금 더 박차를 가한다면 곧장 하남성으로 치고 올라가는 방법도 있긴 합니다만, 호북성 내에 무당파와 제갈세가라는 난적들이 있음을 감안한다면 그리 현명한 방법은 아니겠지요."

"……."

"물론 지천궁주께서도 이미 다 알고 계시겠지만 말입니다."

설명하는 것 같으나 기실은 어서 빨리 결정을 내리라는 닦달과도 같았다.

그것을 알고 있을 텐데도 유설태는 한동안 입을 열지 않았다.

"지천궁주, 결정을 내리셔야 합니다."

결국 유숭이 한마디를 더 보탰다.

유설태 또한 내내 무시할 수는 없었는지 입을 열었다.

"그래, 이제 와서 고심한들 아무런 의미도 없을 테지."

그 짧은 순간, 유숭은 유설태의 눈동자 위로 언뜻 비친 귀기를 보았다.

"가세. 다음은 호북성을 불바다로 만드는 것이네."

4장

제안

　혈교의 북진이 재개됐다. 그들의 지지부진함에 잠시나마 숨통이 트였던 백도무림은 재차 목을 죄이는 느낌에 빠져들었다.

　무림의 일은 무림 바깥에도 영향을 끼치는 법.

　그러한 점은 여남이라 하여 다를 것이 없었다. 다행히 암월방의 존재로 인해 한순간에 치안이 무너지거나 하지는 않았지만, 그렇더라도 흉흉한 공기가 감도는 것만은 어쩌지 못했다.

　그러는 와중, 범화가 굉유를 대동한 채 암월방을 찾아왔다.

"말 한마디 남기지 않고 훌쩍 떠나셨더군."

"굳이 이러쿵저러쿵 떠드는 걸 좋아하지 않는 편이라."

"…뭐, 좋소. 어차피 그 편이 우리로서도 편했으니. 시주께서 계속 엉덩이를 붙이고 있었다면 화산뿐 아니라 다른 문파들까지 송곳니를 드러냈을 것이오."

"화산 장문인은 어떻게 됐지? 어, 그러니까……."

"육천검주 마종운. 보아하니 그새 이름도 잊은 모양이군."

"쓸데없는 작자들의 이름까지 굳이 기억하려 들지는 않는 성미라서."

현월이 단순히 기억력이 나쁘기에 저러는 것은 아닐 터였다.

현월을 꺼려하기에, 역설적으로 현월에 대해 잘 알고 있는 범화는 현월의 말에 뼈가 숨어 있음을 눈치챘다.

"시주의 말은 무림의 일에 관여하지 않겠다, 그런 의도로 들리오만."

"제대로 보았군. 어차피 너나 다른 작자들도 나를 백안시하는데, 내가 구태여 너희들을 도우려 들 필요는 없지 않나?"

"……."

범화의 눈동자가 흔들렸다.

사실 현월의 말은 대부분 옳았다. 아직 범화 자신을 비롯한 대다수의 사람이 현월이란 존재를 꺼리고 있는 것이 사실이었다.

일말의 전조조차 없이 갑자기 튀어나온 별종이란, 대체로 그런 대접을 받기 십상이었으니까.

하지만 소림 방장 혜법의 태도는 완고했다. 현월의 능력 없이는 혈교와의 전쟁에서 승리를 장담할 수 없다는 것이었다.

'그 또한 맞는 말이긴 하다.'

인정하긴 싫지만 분명한 진실.

육천검주 마종운의 패배는 이미 퍼질 대로 퍼져 있었다.

아무리 단속하려 한들 소용없는 것이 바로 발 없는 말이었으니까.

다만 현월의 구체적인 정체까지는 퍼지지 않았다. 그저 무명의 청년 무사가 마종운을 비무에서 꺾었다고만 알려졌을 따름이었다.

어찌 됐든 화산 장문인을 무릎 꿇린 사내다. 더군다나 들려오는 풍문에 의하면 손속에 상당히 여유를 둔 일전이었다고 했다.

'그 정도 무위라면……'

필시 현 시점의 백도무림 내에서 수위를 자처한다 한들 역풍을 맞지는 않을 터.

나이를 감안한다면 현월의 무위는 실로 절대적인 셈이었다.

'그러나……!'

현월을, 이 사내를 인정하고 싶지 않다.

그것이 범화의 솔직한 속내였다.

물론 그와 별개로 방장께서 내린 명령은 따를 수밖에 없었지만 말이다.

"방장님께서 시주를 다시 한 번 만나고 싶어 하십니다."

"글쎄. 미안하지만 나는 숭산으로 다시 갈 생각이 없어. 지난번의 일도 아버지의 뜻이었기에 방문했던 것뿐이고."

"……"

"그렇다고 내 아버지나 현검문을 어찌할 생각이라면 포기하는 게 좋을걸."

범화는 움찔했다.

조금이나마 그런 생각을 품었던 게 사실이기에. 그러나 이내 발끈했다.

"소림의 이름을 짊어진 빈승이 그런 지저분한 짓에 손을 대는 일은 추호도 없을 것이오."

"미안하지만 난 혓바닥으로 하는 맹세 따위는 믿지 않아."

"홍. 설령 빈승이나 다른 이들이 그런 마음을 품는다 한들 시주를 당해낼 리는 없지 않겠소?"

"…의외로 순순히 인정하는군그래."

"무인의 호승심이 중한 것이라 하나 사문의 명예보다 중하지는 않은 법. 소림의 명예는 빈승의 목숨보다 귀하고 무겁소."

범화의 선언 앞에서 현월은 내심 쓴웃음을 지었다.

만약 수백 번 반복되는 인생을 경험하고 난 이후라면, 과연 저런 말을 당연하다는 듯 내뱉을 수 있을까 싶었던 까닭이다.

'뭐, 벌써부터 이렇게 우는소리를 할 필요는 없겠지.'

이제 겨우 한 번의 회귀만을 경험한 현월이었다.

아직 닥치지도 않은 미래를 두려워하고 경계해 봐야 별 의미는 없을 터였다.

'하지만⋯⋯.'

그럼에도 지울 수 없는 불안감이 현월의 무의식으로부터 솟아나오고는 했다.

마침 돌담 사이의 틈을 스멀스멀 미끄러져 통과하는 독사처럼.

방심하고 있다가 그 독니에 물리기라도 하면, 근 며칠을 스스로가 만들어낸 고뇌와 불안 속에서 얼빠진 사람처럼 지내게 되는 것이었다.

흔히들 일컫는 심마(心魔)가 바로 그것일 터.

여남으로 돌아온 지금이라 하여 그다지 나아진 것은 없었다.

오히려 어떤 면에서는 더욱 심각해졌다고 할 수도 있었다.

가족끼리 둘러앉은 평범한 식사 시간에도, 갓 문도가 된 꼬마들의 어설픈 목검술을 지켜볼 때에도. 여지없이 불안감이란 이름의 어둠이 현월의 발목을 낚아채는 것이었다.

"시주?"

현월은 상념에서 벗어났다.

시선을 드니 범화와 굉유가 의아한 눈길로 바라보고 있었다.

"갑자기 신음을 흘리던데, 괜찮은 것이오?"

"…그래."

가까스로 운을 뗀 현월이 급히 화제를 돌렸다.

"그래서 소림 방장이 원하는 것은 뭐지? 이제 와서 내가 당신네 연합에 가담한들 다른 장문인과 가주들의 반발이 작지 않을 텐데."

"그건 그렇소. 더군다나 시주는 금왕의 가호까지 받고 있는 마당이니."

"가호라고? 내가?"

"시주 본인의 생각이야 사뭇 다르겠으나, 최소한 다른 이들의 눈엔 금왕이 시주의 뒷배를 봐주고 있는 것으로 보인다오."

현월은 나직이 한숨을 쉬었다.

하기야 더 나빠질 여론이란 것도 없는 마당이니, 이제 와서 남들이 자신을 어떻게 바라보든 무슨 상관이랴 싶었다.

"좋아. 마음대로들 떠들라지. 어쨌든 그에 대한 소림 방장의 계획은 뭐지?"

"사실, 이건 방장님이 아닌 금왕이 낸 의견이오만……."

"금왕이?"

현월은 주춤했다. 혜법이 아닌 금왕이 주도한 의견이라면 소림과는 전혀 어울리지 않는 방식일 가능성이 높았던 것이다.

과연 범화 또한 말을 꺼내는 것을 한동안 주저할 정도였다.

"금왕이 제안한 바는 다음과 같소."

"잠깐. 그건 방장 또한 동의한 것인가?"

"그렇소. 소림의 방식과는 역시 맞지 않으나 지금은 시국을 다투는 판국이니."

그렇게 대꾸한 범화가 말을 이었다.

"그들이 시주에게 제안한 것은 암살자의 역할이오."

*   *   *

서편을 향해 달이 기우는 평야.

제갈철은 깔끔하게 베여 나간 나무둥치 위에 앉아 있었다.

곁에 놓인 것은 한 동이의 술과 대강 손질한 멧새 구이뿐.

천하제일인의 술상이라기엔 초라했으나 당사자는 딱히 개의치 않았다.

황제조차 부러워할 지극한 향락도 거듭 맛보았으며 지금이라도 마음만 먹으면 얼마든지 다시 맛보는 게 가능한 그였다.

그러나 역설적으로, 그런 까닭에 그 어떤 향응과 쾌락이 주어지더라도 결코 만족스럽지 않을 것이라는 사실 또한 알았다.

결과적으로, 초라한 조반과 성대한 만찬은 그에게 있어 종이 한 장 차이에 지나지 않는 것이다.

무료하기 짝이 없는 삶.

그렇기에 언제부턴가 제갈철은 오로지 한 가지만을 추구하기 시작했다.

자극.

보다 강한 자극!

고통이어도 좋고 기쁨이어도 좋았다. 사십여 번의 회귀까지는 쾌락만을 추구했고, 그 후로 스무 차례는 극한의 고통만을 추구했다.

그사이 여체를 탐닉하는 것과 살이 찢기는 것의 차이가 불분명해졌고, 향긋한 미주와 지독한 독액의 경계가 희미해졌다.

좋은 것이든 나쁜 것이든 어느 쪽이 되었든 간에 보다 자극적이기만 하다면 좋았다.

세상을 대하는 태도 또한 마찬가지였다.

혈교가 되었든 백도무림이 되었든, 혹은 그 외의 다른 무리가 되어도 좋았다.

외세라고 할 수 있는 이민족도 좋았고 해안을 약탈하는 왜구의 나부랭이라도 좋았다. 무엇이 됐든 간에, 그의 자극욕을 만족시킬 수만 있다면 제갈철은 아무래도 좋았다.

혈육 또한 무의미하고 과거의 사슬 또한 무의미했다. 기나긴 회귀의 삶은 그를 이 세상 자체와 단절시켜 버렸으니까.

그것을 초월하고자 하는 노력을 하지 않은 것은 아니다.

이 세상은 오직 중원으로만 이루어진 것이 아니라는 것쯤은 제갈철 또한 잘 알고 있었으니 말이다.

중원은 이 거대한 세계 안의 한 조각에 불과할 뿐. 때문에 제갈철 또한 수도 없이 중원을 벗어나려 노력해 보았다.

사실 그렇게 어려울 것도 없는 일이긴 했다. 한달음에 수십 리를 넘나들 수 있는 초월자인 그에게 있어 중원 바깥으로 발을 딛는 것쯤은 장난조차 되지 않았으니 말이다.

그러나 그의 육체는 중원의 경계, 그 바깥으로 넘어가는 것이 불가능했다.

이유는 알 수 없었다.

다만 분명한 것은 중원과 그 바깥 세계가 닿는 경계선을 넘어서는 순간 제갈철에게 강제적인 죽음이 찾아왔다는 사실이었다.

수차례 여러 방식의 시도를 해보았다.

남해를 무작정 헤엄쳐 왜국 쪽으로 향하기도 했고 만리장성을 훌쩍 뛰어넘어 정신없이 북으로 돌진하기도 했다.

천축을 향해 내달리기도 하고 해동을 향해 달음박질치기도 했다.

그러나 그 결과는 언제나 같았다.

자기도 모르는 사이에 의식을 잃고, 지긋지긋한 회귀의 첫 장으로 되돌아가 있었다.

실로 잔인하기 짝이 없는 진실.

그것을 처음 깨달았을 때 제갈철은 비로소 자신의 위치가 이해되었다.

그의 존재는 중원이란 땅덩이 안에 묶여 버렸다는 것을 말이다.

어떤 의미에서 그는 세상을 초월해 있었으나, 어떤 의미에서는 세상에 완전히 갇혀 있었다.

그는 누구보다도 자유로운 존재였으나, 동시에 누구보다도 많은 자유를 속박당한 존재였다.

"신선이 있다면 바로 이런 것일까?"

혼잣말을 내뱉은 제갈철은 이내 씁쓸한 웃음을 머금었다.

"아니, 그렇지는 않을 테지."

지독한 무료함을 느끼고 있으면서도 그는 여전히 세상에 묶여 있었다.

더불어 벗어날 방법을 알고는 있지만 차마 실행에 옮기지는 못하고 있었다.

지루하니 어쩌니 해도 아직은 더 살고 싶었기에.

"하지만……."

언젠가는 정말 이 모든 것에 정나미가 떨어져 진심으로 죽음을 갈구하는 날이 오리라.

현월의 존재는 그때를 위한 대비책에 가까웠다.

"어차피 놈이 나를 쓰러뜨린다는 것은 불가능한 일."

힘의 격차는 완연하다. 더불어 제갈철은 수백 번의 회귀를 통해 스스로도 완전히 측량하지 못할 만큼의 지식을 쌓았다.

그 지식 중에는 암천비류공에 대한 것 또한 당연히 포함되어 있었다.

아마도 제갈철은 현월 본인보다도 암천비류공에 대해 잘 알고 있을 터. 지금은 그 지식을 대부분 망각한 상태지만, 약간의 계기만 있어도 재차 떠올리는 것은 어렵지 않을 것이다.

더군다나 내공을 비롯한 각종 역량의 차이는 어떠한가.

현월이 제법 강하다 한들 그것은 인세의 기준에서나 통용되는 것이었다.

이미 인세를 초월해 버린 제갈철에게 있어선 한낱 미물과도 다를 것이 없었다.

패배할 이유 따위는 없다.

그렇기에 제갈철은 느긋한 마음으로 이 상황을 즐길 수 있었다.

"혈교와 백도무림의 일전이라."

지금껏 골백번도 넘게 겪어온 지루한 격돌이었지만 이번만큼은 상황이 조금 달랐다.

암제와 암후, 암천(暗天)의 이름을 잇는 살계의 존재가 둘씩이나 나타났기 때문이다.

그중 한 사람은 제갈철과 같은 역천자.

다른 하나는 제갈철 본인이 영세(領洗)를 한 선택받은 존재이자 지난번의 삶들에선 만나본 적이 없었던 새로운 존재였다.

"하기야 그럴 수밖에 없겠지. 암제 그놈이 회귀함으로 인해 인위적으로 생겨난 암제의 대체자가 바로 그 계집이니."

제갈철은 고개를 들어 별이 촘촘히 박힌 허공을 응시했다.

감청색의 공간 위로 펼쳐져 있는 별무리. 천하제일인이자 역천자인 제갈철로서도 그 앞에선 일순 경도되는 느낌이었다.

그러나 그 또한 지긋지긋하게 보아온 광경이라고 생각하

니 생경함과 경이로움 또한 한순간에 사라져 버렸다.

"그 계집은 내 손으로 직접 각성시켜 주었다."

제갈철은 암후에 대해 생각했다.

본디 유설태가 펼쳐 놓은 비술은 불완전한 것이었다. 이는 범인의 능력으로 바로잡기는 불가능에 가까운지라 만박서생이라 불리는 유숭조차 명확한 해법을 내놓지 못했었다.

제갈철은 그런 암후를 직접 찾아갔다.

그리고 그녀의 몸에 강력한 조작을 가했다.

그로써 암후는 대오각성을 이루었다.

물론 정상적인 방법의 깨달음이 아닌 만큼 수명은 극도로 깎여 나갔을 터였다.

더불어 정신 또한 말짱하지는 못할 테고······.

"하지만 내 알 바는 아니지."

제갈철은 그저 자극을 바랄 따름이었다. 그리고 암제와 암후, 처음 맞이하는 두 존재의 격돌은 무료하기 짝이 없는 삶에 약간이나마 자극이 될 터였다.

아니, 그래야만 했다.

"만약 그렇지 않다면······."

그 다음은 여느 때와 같을 터.

모든 것은 천하제일인의 손아귀 안에서 새하얀 재로 화하리라.

그리고 천하제일인은 또다시 자극을 찾아 반복되는 삶 앞에 놓일 테지.

"그러나 나는 이 삶을 계속 이어나갈 것이다."

제갈철은 스스로에게 들려주듯 중얼거렸다.

기실 그것은 제갈철 자신의 의지를 다지기 위한 혼잣말이었다.

그런 혼잣말이라도 되뇌어야 할 만큼 의지가 약해져 있다는 사실을 제갈철 본인은 인정하지 않을 것이었다.

"언젠가는 완전히 소멸되어 사라져야 할지도 모르지만, 지금은 아니다. 아직은 아니야!"

제갈철의 잇따른 외침이 밤공기를 흩으며 퍼져 나갔다.

그 너머로 갓 깨어난 햇살이 기지개를 켜고 있었다.

5장

뒤늦은 의심

　갓 깨어난 햇살이 기지개를 켤 무렵, 현월은 현검문의 마당에 서 있었다.

　기실 밤사이 내내 그곳에 우뚝 서 있었던 현월이었다. 차가운 밤공기를 여과 없이 받아들인 탓에 이슬이 맺혀 무복의 곳곳이 젖어 있었다.

　물론 가볍게 기를 방출하는 것만으로도 증발하여 사라질 이슬에 지나지 않았다. 하지만 현월은 구태여 그러지 않았다. 차가운 느낌이 정신을 연신 일깨우는 것만 같았기에.

　"오빠?"

현유린의 목소리.

현월은 재빨리 옷의 습기를 증발시켰다.

옷이 젖은 걸 그녀가 본다면 걱정할 것임을 빤히 알았기 때문이다.

다행히도 그녀는 눈치채지 못한 듯했다.

"일찍 일어나셨네요."

"응. 너도 일찍 일어났구나."

"쾌적한 아침 공기를 맡으면 단전까지 깨끗해지는 느낌이어서요."

그렇게 대꾸한 현유린이 이내 고개를 갸웃거렸다.

"실제로 그렇지는 않겠지만요."

현월은 빙긋 웃으며 이렇게 웃는 것이 대체 얼마 만인가 생각해 보았다.

'너무나 오래된 것 같구나. 이렇게 웃어본 것이.'

가식적인 미소나 적을 향한 냉소가 아닌, 마음에서 우러난 진심이 섞인 미소는 너무나 오랜만인 듯했다.

그러한 미소는 현유린의 이야기와 함께 밤이슬처럼 사라졌다.

"그 소식 들으셨어요, 오라버니?"

"소식?"

"혈교의 무리가 마침내 호북성까지 침범했대요."

물론 현월이 익히 알고 있는 정보였다. 제갈윤이 퍼뜨려 놓은 정보망을 통해 최신 정보들이 속속들이 암월방으로 몰려들고 있었던 까닭이다.

　다만 그 소식이 벌써 시중에까지 퍼졌다는 게 놀라웠다.

　현월이 해당 정보를 접한 것이 이틀 전이니 상당히 빠르게 퍼진 셈이라 할 수 있었다.

　"혈교의 무리가 걱정되는 모양이구나."

　"걱정되지 않는다면 그게 더 이상하지 않을까요? 저 같은 햇병아리가 걱정한다고 해서 뭐가 달라질 건 없겠지만……."

　"넌 햇병아리가 아니다, 유린아."

　"오빠나 다른 무인들에 비하면 햇병아리나 다름없잖아요?"

　"그거야 연륜의 차이가 있으니……."

　"그거 아세요, 오빠?"

　현유린이 돌연 도발적으로 질문했다.

　"불과 일 년 전까지만 해도 오빠에게 이런 위로를 받을 날이 올 거라고는 생각지도 못했어요."

　"……."

　"알아요. 이런 말을 하는 제가 나쁘다는 거. 하지만… 모르겠어요. 이따금씩 오빠는 제가 알고 있던 월 오빠가 아닌 것 같아요."

현월은 그녀가 혼란스러워하고 있다는 걸 깨달았다. 하기야 당연하다면 당연한 일이리라. 회귀 전, 이 나이대의 현월은 별다른 무재를 지니지 못한 무명소졸에 불과했으니 말이다.

실질적인 시간대를 따지자면 현월은 채 한 달이 되지 않는 짧은 시간 동안 아버지인 현무량마저 능가하는 강자로 재탄생했다.

십 년도 넘게 약골 오라비이자 아들을 보아온 가족들로선 쉽게 받아들이기 어려운 일이었으리라.

현월은 부드러운 어조로 물었다.

"내가 변한 것이 싫은 것이냐?"

현유린은 울상이 된 얼굴을 세차게 가로저었다.

"그런 게 아니에요. 오빠가 강해지지 않았다면 저도 아버지도 어머니도 녹림도 무리들에게 해를 입었을 거예요. 그런 걸 생각해 보면, 지금의 오빠에게 너무나 감사하고 있어요. 예전의 부드럽던 오빠도 좋지만 지금의 강인한 오빠 또한 좋아요. 다만……."

"다만, 뭐지?"

"이따금 오빠를 볼 때마다 이상한 느낌을 받고는 해요."

"이상한 느낌이라니?"

"가면을 쓴 것 같은 모습, 우리가 알고 있는 그 현월 오빠와는 어딘지 모르게 다른 모습."

현유린은 더 이상 설명하지 못하겠다는 듯 고개를 푹 숙였다.

"이상하잖아요? 무림맹으로 떠나고 한 달도 채 되지 않아 돌아왔는데, 이상할 정도로 강해진데다 우리도 모르는 무언가를 알고 있기까지 하고… 그런데도 우리에겐 한마디도 말하지 않는다는 게."

"그게 서운했던 모양이구나."

"서운한 게 아니에요. 고작 그 정도로만 생각할 만큼 전 바보가 아니라고요."

"유린아."

현유린의 눈가가 촉촉해졌다.

"오빠가 우리를 걱정해서 자신의 비밀을 얘기하지 않았다는 것쯤은 잘 알고 있어요. 그렇기 때문에 제 자신이 약한 게 원망스러운 거고요."

"……."

"오빠에게 힘이 되고 싶어요. 화란 언니나 련 언니가 그런 것처럼요."

'그런 거였구나.'

현월은 속으로만 중얼거렸다.

그러고 보면 어릴 적부터 호승심 강하고 끈기가 있었던 현유린이었다.

다만 그것이 개인의 야망이나 욕심에 기반한 성질은 결코 아니었다.

그저 순수하게 열심히 했다고, 잘했다고 칭찬받고 싶어 할 따름이었다.

그녀의 성격은 그렇게나 올곧고 투명했다.

"미안하구나."

현월로선 고작 그렇게 대답할 수밖에 없었다.

자신의 성취라면 그녀에게 큰 깨달음을 줄 수도 있으리라.

현재 그녀의 성장을 가로막고 있는 무형의 벽을 간단히 깨뜨려 줄 수도 있을 것이다.

'하지만……'

그런 성장에 의미가 있을까… 라고 자문하는 것은 위선에 불과할 터.

엄밀히 말해 현월은 그녀가 어설프게 강해지는 것이 꺼려졌다.

현 상태에 비해 큰 진보를 이룬다 하여도 현유린의 무위가 현월의 적들을 능가할 정도는 되지 못한다.

그런 그녀가, 그저 현월의 힘이 되고 싶다는 마음으로 현월의 싸움에 끼어들기라도 한다면……?

그것은 생각만으로도 꺼려지는 일이었다. 현월이 바라는 것은 어디까지나 가족들을 지키는 것이지 그들의 도움을 얻고자 함이 아니었으니까.

'어찌 보면 이기적인 선택일지도 모르겠지만.'

그러나 현월로서는 그 이기심을 고수할 수밖에 없다. 그것만이 현월에게 있어 유일한 삶의 목적이나 다름없었기에.

그랬기에 다시 한 번 그녀에게 사과했다. 물론 현유린은 그 사과의 진정한 뜻을 알지 못할 테지만.

"미안하다."

*　　　*　　　*

숭산. 소림사 구석진 곳에 자리한 암자.

얼마 전 현월과 마종운이 일전을 벌였던 마당이 훤히 내다보이는 그곳에 혜법은 근심 어린 표정으로 앉아 있었다.

"그가 제안을 거절했습니다."

말을 꺼내는 범화의 표정은 복잡했다. 혜법은 그 표정에 숨겨져 있는 감정이 약간의 시원함과 은은한 노기임을 놓치지 않았다.

"하고픈 말이 많은 모양이로구나."

"…솔직히 말씀드리자면, 그렇습니다."

범화는 말을 내뱉고 나서 주변을 돌아봤다. 마침 금왕이 자리에 없었다.

당사자 앞에서라면 껄끄러워서 못할 얘기라 해도 지금이라면 얼마든지 할 수 있으리란 생각이 들었다.

"기탄없이 말해보려무나. 현 시주가 제안을 거절한 것이 분한 것이냐?"

"그렇지 않습니다. 제가 비록 그자를 싫어한다지만 결정만큼은 훌륭한 선택을 했노라고 칭찬하고 싶을 지경입니다."

"그렇더냐. 하면 어째서 분함을 느끼고 있는 것이냐?"

"그건……."

쉽사리 대꾸하지 못하고 침묵하는 범화.

혜법은 그가 생각을 정리할 수 있도록 한동안 기다려 준 다음 부드러운 어조로 물었다.

"그 이유에 대해 말해볼 수 있겠느냐?"

"…그것이 정정당당하지 못하기 때문입니다."

대답을 꺼내고 난 범화가 얼굴을 살짝 붉혔다.

"이런 대답이 치기 어린 애송이의 말과 다름없이 들리리라는 것은 잘 알고 있습니다. 암살자로 요인들을 제거하여 내분 및 자중지란을 노린다. 그 계책이 효과적일 거라는 것 역시 잘 알고 있고요."

"그래. 현 시주의 실력은 중원 제일을 자처할 수 있는 바, 그가 살행을 마음먹는다면 천하에 두려울 것이 없을 테지."

"예. 인정하기는 싫지만 아마도 그렇겠지요. 하지만……."

"정정당당하지 않기에 싫다는 것이냐?"

"예. 불초 제자의 마음은 그렇습니다. 이것이 실로 아둔하고 치기 어린 생각임을 알고 있으면서도 말입니다."

혜법은 빙긋 웃었다.

"사실 나는 금왕과 한 가지 내기를 했었다."

의외의 말에 범화는 물론이고 옆에서 대화를 듣고만 있던 굉유도 움찔 놀랐다.

"내기를… 말씀입니까? 방장님께서?"

"그래. 이 땡추도 이제는 늙은 모양이로구나. 불계를 어기고 투기에 빠지다니 말이다."

그렇게 말하면서도 혜법은 그리 저어하지 않는 표정이었다.

다시금 같은 상황 앞에 놓이더라도 똑같은 선택을 할 거라는 양.

그렇기에 범화와 굉유로서는 한층 의아한 것이었다.

"그 내기의 내용이 대체 무엇이었습니까?"

"현 시주의 선택."

혜법은 나직한 어조로 대답했다.

"현 시주가 금왕의 제안을 받아들일 것인지 아닌지. 그것이 바로 내기의 내용이었다."

"그렇다면 방장님께서……."

"나는 받아들이지 않는다는 쪽에 걸었지. 아무래도 현 시주와 마음이 통한 모양이로구나."

빙긋 웃은 혜법이 말을 이었다.

"이번 전쟁의 책임은 작금의 무림을 살아가는 우리 모두에게 있을 것이다. 최소한 이 땡추나 다른 장문인들만큼은 그 누구보다도 큰 책임을 지고 있다고 해야 맞겠지."

"방장님……."

"그런 크나큰 책임을 현 시주 한 사람의 어깨에만 짊어지게 할 수는 없지 않겠느냐?"

혜법의 미소가 한층 부드러워졌다.

"비록 그것이 보다 많은 피를 흘리는 길이라 해도 말이다."

"……."

"또다시 불계를 어기게 되었구나. 아마도 이 땡추중에겐 극락정토가 허락되지는 않을 모양이다."

"그렇지 않습니다."

범화는 진심을 다해 말했다.

"그렇지 않을 것입니다, 방장님."

범화가 금왕의 제안을 꺼려했던 것은 무인의 호승심 때문이었다.

굳이 현월의 힘을 빌리지 않더라도, 자신들의 힘만으로도 혈교의 무리를 능히 무릎 꿇릴 수 있으리라는 호승심.

그러나 혜법이 지닌 관점은 그보다도 깊고 거대한 것이었다.

그것은 바로 선각자로서의 책임감, 즉 남들을 이끄는 위치에 선 자가 지닌 책무에 대한 것이었기에.

같은 의견이라 하되 그 이유는 판이하게 다르다.

범화는 사람이 지닌 그릇의 차이란 게 이런 것임을 깨달았다.

"에잉, 재미없게 됐구먼."

가벼운 목소리가 고요를 깼다. 이윽고 암자에서 얼마 떨어지지 않은 지점에서 금왕이 바짓단을 툭툭 털며 걸어 나왔다.

"어떻게……?"

범화도 굉유도 흠칫 놀랐다.

금왕은 무공이 그리 뛰어나지 않은 편이라 들었거늘 잠복해 있음에도 두 사람의 기감에 잡히지 않을 줄이야?

금왕이 그들의 의문을 해소해 주었다.

"싸움박질엔 원체 재능이 없는지라 은잠술 하나만을 우직하게 파고 또 팠지. 목숨 구명엔 경공이 최고일 테지만 그쪽역시 재능이 없었거든. 그래도 기척 숨기는 기술은 하다 보니어찌어찌 늘더군."

"그래서 숨은 채로 우리의 대화를 엿들었다는 말씀입니까?"

"내가 같이 있었다면 허심탄회한 속내를 얘기하지 않았을 것 아닌가? 게다가 방장 또한 여기에 찬동했다네."

그렇게까지 말한다면 범화로서는 뭐라 할 말이 없었다. 다른 사람도 아닌 혜법이 허가한 일이니까.

"어쨌든……."

금왕은 한숨을 푹 쉬었다.

"현월 그 친구는 이번에도 내 의도를 따라주지 않는군."

"그에게도 무인으로서의 호승심이 남아 있기 때문일 것입니다."

범화의 말에 금왕은 픽 비웃음을 흘렸다.

"정녕 그렇게 생각한다면 자네도 아직 멀었군. 젊은 대나한께선 앞으로도 정진에 전념해야 할 것 같으이."

"그게 무슨 말씀입니까?"

"그의 선택은 호승심 따위에 기반을 둔 것이 아니리란 말일세. 애초에 현월은 호승심과는 거리가 먼 사내이니 말이야."

금왕은 지금껏 수차례 현월의 싸움을 바로 옆에서 목도해 왔다. 그 결과 그가 내린 결론은 실로 단순 명쾌한 것이었다.

'그는 무인이라기보다는 살수에 가깝다.'

이는 단순히 전투 방식 때문만은 아니었다. 물론 전투 방식 또한 한없이 합리적이고 계산적인 것이 살수의 방식에 딱 맞기는 했지만 말이다.

그러나 무엇보다 큰 요인은 바로 호승심의 부재 및 합리성의 추구에 있었다.

만약 스스로 나서서 싸우지 않더라도 상대를 죽일 방안이 있다면 현월은 거리낌 없이 그쪽을 택했다. 설령 그것이 자존심이나 명성 등에 금이 가는 일이라 하더라도 말이다.

물론 싸워야 할 때는 목숨을 걸고 싸웠다. 하나 그것은 자존심이나 호승심과는 한참 거리가 먼 이유에서였다.

현월이 우선시하는 것은 어디까지나 가족들.

현검문이라는 울타리 안에 존재하는 것들이었다.

'이번 경우도 아마 그 때문일 테지.'

피치 못할 사정으로 인해 당분간 여남을 떠나기가 꺼려지는, 한시의 여유도 없이 바로 곁에서 가족들을 지키고 돌봐야 하는 상황.

지금의 현월은 그런 상황에 놓여 있는 것이리라.

금왕의 추리는 그러했다.

'그렇다는 건, 혈교를 제외한 위협이 존재한다는 뜻인데……'

언제나 재미와 유희를 추구하는 금왕으로서도, 이번만큼은 마냥 흥미 있게 바라보고만 있을 수는 없겠다는 생각이 들었다.

작금의 현월은 가히 천하제일인을 자처할 수 있을 만한 경지였다.

육천검주 마종운을 간단히 제압하는 것이 아무나 가능한

일은 결코 아니었던 것이다.

그런 현월이 경계할 정도의 상대라면 결코 보통 인물은 아니리란 생각이 들었다.

'천하제일인에 가까운 자가 경계하는 상대라면 역시……'

한 가지 불안감이 금왕의 뇌리를 스치고 지나갔다.

"천하제일인이란 말인가?"

"그게 무슨 말씀입니까?"

의아함에 반문하는 이는 범화였다. 그러나 금왕은 대답하지 않았다.

애초에 생각에만 푹 빠져 있는 까닭에 남들이 뭐라 하는지는 들리지도 않는 상태였다.

그 대신이라 할 수야 없겠지만 혜법이 넌지시 입을 열었다.

"금왕의 생각까지 엿볼 수야 없겠지만 한 가지 추측 정도는 할 수 있을 것 같구나."

"그게… 무엇입니까, 방장님?"

"천하제일인."

"예?"

"무림맹 본부가 습격당하고 군웅전이 무너져 내렸을 때, 너는 무슨 생각을 했었더냐?"

갑작스러운 질문에 범화는 당혹감을 숨기지 못했다.

"그야… 물론 무림의 앞날에 먹구름이 끼었구나 하고 생각했습니다."

"그뿐이더냐?"

잠시 생각을 하던 범화가 이내 덧붙였다.

"맹주님의 사망 소식을 듣고 비통함을 숨길 수가……."

"사망 소식 같은 것은 없었다."

"예?"

"사망이 아닌 실종일 따름. 맹주 남궁월은 실종됐을 뿐이지 사망한 것이 아니다."

"하, 하지만……."

범화는 더듬더듬 말을 이었다.

"그날의 습격자들은 실로 강맹했고 실제로 수많은 맹 소속 무인이 죽음을 맞았다고 들었습니다. 군웅전 말고도 수많은 건물이 전소되었고요."

"상당수의 고수가 죽었다고는 하지만 손에 꼽을 정도의 실력자가 죽은 것은 아니었다. 수많은 건물이 불타올랐다 하나 실질적으로 붕괴된 것은 군웅전 하나에 불과했고 말이다."

"그건… 그렇습니다만."

"그렇다면 조금 다른 질문을 해보마. 저 화무백이나 백진설 같은 자들이라면 그런 사태 속에서 과연 죽음을 맞이했을 거라 생각하느냐?"

"예?"

범화는 당혹감을 숨기지 못했다. 화무백도 백진설도 모조리 저 혈교의 무리가 아니던가?

하지만 찬찬히 생각해 보니 혜법의 의도를 약간은 알 것도 같았다.

'그런 괴물들이라면……'

습격자들이 아무리 강맹하다 한들, 고작 그 정도의 공격 앞에 산화했으리란 생각은 들지 않았다.

돌변하는 범화의 표정을 본 혜법이 단정지었다.

"그리고 무림맹주 남궁월은 그들 이상 가는 괴물이지."

"바, 방장님……!"

"그를 괴물이라 지칭함에 있어 거리낄 것이 무엇이란 말이냐."

혜법의 어조는 어느 순간부터 더없이 날카로워져 있었다.

평소의 그와는 사뭇 다른 반응.

범화는 그 어조 안에 내포되어 있는 감정이 분노라는 것을 깨닫고는 적잖이 놀랐다.

최소한 그가 알고 있는 혜법이라는 선승이 이렇게까지 화를 내는 경우는 난생 처음이었던 것이다.

"그가 만약 살아 있다면."

혜법의 말이 이어졌다.

"무림인들 앞에 모습을 드러내지 않는 것은 곧 스스로의 직무를 버렸다는 것과 같은 뜻이니 이에 대한 죄를 물어야 할 것이다."

"……."

"만약 그가 그곳에서 죽었다면, 이 또한 평소 천하제일인으로서 스스로의 수양을 게을리했다는 증거일 터이니, 지탄받아 마땅한 일이다."

"방장님, 그것은 좀 비약이 아닐까 싶습니다만."

"나는 그가 살아 있다고 말하려는 것이다."

범화와 굉유의 눈이 휘둥그레졌다.

"예?"

"분명하다. 지금껏 그의 행적이 묘연하기에, 또한 그 이후 무림맹이 급속도로 분열되었기에 다들 그러려니 할 따름이지."

"……."

"그러나 남궁월은 살아 있다. 애초에 그 정도 사태에서 죽을 만한 자가 아니다."

혜법의 이마엔 식은땀이 흥건했다.

"물론 너희는 쉽사리 믿기 어려울 것이다. 이 말만으로는 설득력이 충분하지 않다는 것은 나 또한 알고 있다. 하지만……."

그의 눈빛에 언뜻 드러나는 감정은 바로 공포였다.

"나는 보았다. 그가, 남궁월이 하늘을 열어젖히는 모습을 말이다."

"아……!"

훗날 호사가들에 의해 분천의 깨달음이라 일컬어진 일화.

궁극의 깨달음을 얻은 남궁월이 어느 날 무림의 내로라하는 명숙들을 초빙하고는 단 한 번의 검격으로 하늘을 둘로 갈라 보였다.

그에 압도당한 무림 명숙들은 남궁월의 무위가 천하제일인의 것임을 인정하였으며, 그에게 검제라는 별호를 선사했다.

그리고 그는 훗날 무림맹주의 자리에까지 오르게 된다.

너무나 압도적인 그 일화는 오히려 사람들에게 진실로 받아들여지지지 않은 경향이 있었다.

그저 이야기의 주인공이 무림맹주이고 이를 보증하는 자들이 내로라하는 명숙들이기에 그러려니 할 뿐이었던 것이다.

실제로는 그저 맹주의 위대함을 선전하기 위한 '만들어진 우화' 정도로 취급되는 것이 현실이었다.

무림맹주 남궁월을 일컬어 천하제일인이라 하는 것 또한 비슷한 경우였다.

그저 그가 맹주이며 백도무림의 으뜸이기에 그렇게 추대할 뿐.

실제로 사람들은 화무백이나 백진설 같은 자들을 보다 높게 치고 두려워하는 경향이 있었다. 아무래도 그들은 적대적인 입장인데다 실제로 전설적인 사례를 여럿 남기기도 했던 것이다.

하지만 남궁월은 그렇지 않았다.

극적인 협객행도 없었고 심장이 떨리는 전설 또한 없었다.

그저 무림맹의 실무를 맡으며 공식 행사 때나 얼굴을 비추는 늙은이가 있을 따름이었다.

아마도 대다수의 사람이 남궁월의 죽음을 자연스레 받아들인 것은 그 때문일 것이다.

적당히 만들어진 우화를 짊어진 한 노인이 비극적인 사고에 휘말려 희생되었다.

고작 그뿐일 터였다.

그러나 혜법은 알고 있었다. 사람들의 생각이 터무니없는 것임을. 그가 진정으로 천하제일을 자처할 수 있는 강자임을.

그렇기에 자기도 모르게 한숨이 흘러나오는 것이었다. 스스로의 우매함을 책망하는 한숨이었다.

"나도 늙기는 한 모양이로구나. 응당 의심부터 해보았어야 하는 일이거늘 너무나 간단히 그의 죽음을 받아들이고 말았다."

"하, 하지만 방장님."

범화가 더듬더듬 말을 꺼냈다.

"만약 그분께서 정녕 살아 계시다면 어째서 지금껏 우리 앞에 모습을 드러내지 않는단 말입니까?"

혜법은 눈매를 좁혔다.

"몇 가지 대답을 떠올릴 수 있을 듯하다. 하지만 그중 어떤 것도 긍정적이라고 하지는 못하겠구나."

"그게 무슨 말씀인지요? 마치 맹주님을 의심하고 계신 것만 같습니다."

"의심하고 있는 것 같은 게 아니라, 실제로 의심하고 있느니라."

"하지만……."

"그날, 내가 분천의 절예를 목도했을 때 받았던 느낌이 사실이라면……."

혜법은 조심스럽게 말을 이었다.

"남궁월이란 자는 어쩌면 혈교보다도 위험한 존재일지도 모른다."

6장

사소한 오해

혈교의 병력이 호북성을 유린하기 시작했다.

백도무림 연맹 또한 가만히 있지는 않았다. 더 이상 참고만
있다간 심장까지 그대로 꿰뚫릴 지경이었던 까닭이다.

마종운이 이끄는 화산파 무인들이 주축이 된 선봉군이 호
북성으로 내달렸다.

기실 마종운은 초조해하고 있었다. 하필 자신이 형편없이
깨지고 말았다는 풍문이 퍼져 나가고 있었기 때문이다.

그것이 사실이다 보니 어디에 하소연할 데가 없었다. 그렇
다고 입을 닫고 있자니 시시각각 자신의 명성에 먹칠이 더해

지는 것을 도저히 참을 수가 없었다.

때문에 결국 공을 세움으로써 과를 뒤덮자는 결론을 내리게 된 것이다.

기실 그것이야말로 무림의 생리를 꿰뚫는 명제이기도 했다. 큰 소문은 보다 작은 소문을 뒤덮는다는 사실 말이다.

실제로 지금만 해도 그랬다.

그가 망신살을 당하긴 했으나 생각보다도 풍문의 전파는 그리 심각하지 않았다.

보다 큰 풍문인 혈교 무리의 소식이 중원 전역을 휩쓸고 있었던 까닭이다.

물론 그렇다 하더라도 조금씩 이야기가 흘러나오는 것만은 어쩌지 못했지만.

'하지만 이번 일로 큰 명성을 떨치게 된다면!'

사소한 망신살 따위의 풍문은 금세 잊힐 것이다.

그리고 종국에는 화산과 마종운에게 앙심을 품은 누군가가 만들어낸 악담이라고 매도받게 될 터였다.

그것이 바로 풍문이란 것이었다.

보다 목소리 큰 이들이, 보다 많은 이들이 내뱉는 말이 진실로 취급받는 것.

'예컨대 저 분천의 절예 같은 것들 말이지!'

마종운 또한 전대 맹주 남궁월의 무예가 과장되었다고 믿는 이들 중 하나였다.

그는 남궁월의 초대를 받지 못했고 애초에 하늘을 가른다느니 하는 피상적인 표현 또한 딱히 믿지 않았던 것이다.

'애초에 천하제일인이라는 자가 그렇게 간단히 죽었을 리가 없다!'

마종운은 그렇게 단정 지었다.

물론 지금으로선 아무래도 상관없는 일이었지만 말이다.

그가 이끄는 무인의 숫자는 물경 오백에 달했다. 어찌 보면 적다고도 할 수 있는 숫자였으나, 그중 태반이 화산의 정예 무인임을 감안한다면 엄청난 숫자임을 알 수 있을 터였다.

그리고 무엇보다도 그 수좌는 다름 아닌 화산 장문인, 육천 검주 마종운 본인이었다.

비록 얼마 전 불의의 패배를 당했다고는 하나 그의 강맹함에 대해선 이견의 여지가 없었다.

무엇보다도 마종운 본인이 스스로의 힘을 믿고 있었고 말이다.

'얼마 전의 패배는 불운한 사고일 뿐! 그 애송이 놈을 너무 얕잡아 본 나의 패착이었을 뿐이다.'

마종운은 진실로 그렇다고 굳게 믿었다.

애초에 그렇게 믿지 않고서야 정신이 버틸 수가 없는 수준이었다.

'이번 일을 순조로이 마무리한다면 다음은 놈에게 당한 굴욕을 설욕할 차례다!'

마종운은 그렇게 마음을 먹었다.

애초에 혈교 무리와 정면 대결을 벌일 생각은 없었다. 기습을 통해 적당히 휘저어 준 다음 물러날 생각이었다. 그것만으로도 혈교도들에게 일침을 가한 화산의 위엄은 달성되는 것이었으니까.

"전방 이십 리. 일련의 무리가 진을 치고 있습니다."

척후들의 보고였다.

마종운의 눈동자가 살의로 번뜩였다.

"숫자와 구성은?"

"대략 백에서 이백 사이입니다. 복색은 중구난방인데 하나같이 검붉은 얼룩이 묻어 있습니다."

핏자국. 급속도로 진군해 온 통에 제대로 씻어 내지도 못한 모양이었다.

"고작 그 정도 숫자라는 건 저쪽도 혈교 무리의 척후라는 것인가?"

턱을 괸 채 생각하던 마종운이 이내 사나운 미소를 머금었다.

"잘됐군. 그 정도 숫자라면 태풍 앞의 부평초처럼 쓸어버릴 수 있을 터!"

절대 다수인 혈교 본대가 상대라 하더라도 치고 빠지는 정도라면 충분히 자신이 있었다.

한데 아군의 병력만도 못한 소수 병력이 상대라면 말할 것도 없는 것이었다.

"가자! 놈들에게 중원의 주인이 누구인지 가르쳐 주는 거다!"

마종운이 이끄는 병력이 질풍처럼 내달렸다.

얼마 가지 않아 척후들이 보았다는 적진이 시야에 들어왔다.

이윽고 마종운은 고민에 빠졌다.

'이대로 들이쳐 휩쓸어 버릴 것인가. 아니면 포위망을 갖춘 후 일망타진할 것인가.'

무인들 간의 싸움이라 하여 전술이 유효하지 않을 리 없다. 물론 마종운이 대단한 병법을 깨친 것은 아니었으나 포위 공격의 이점을 이해하기엔 충분한 수준이었다.

애초에 그것이 대단한 이해력을 필요로 하는 것도 아니었고 말이다.

'하지만……!'

포위망을 갖추려다 적들이 낌새를 채기라도 한다면, 기습의 이점이 백지화될 수가 있다. 게다가 지금 한껏 치솟아 있는 예기(銳氣)를 제 손으로 꺾는 행위가 될 수도 있었다.

마종운은 결심을 굳혔다.

"그대로 들이쳐 쓸어버린다!"

명령을 내린 그가 곧장 신형을 쏘아 날렸다.

이러니저러니 해도 그는 무림인이었다.

명령만 내린 채 뒤에서 버티고 있는 것은 체질이 아니었다.

게다가 지금은 억지로라도 뱃속의 울분을 토해낼 필요가 있었다.

"빌어먹을 혈교 놈들! 오늘 이 자리에서 모조리 도륙을 내주리라!"

스르릉!

육천검을 뽑아 쥔 마종운이 대호처럼 포효했다.

화산 검수들이 그 뒤를 따라 적진을 향해 노호처럼 밀려들었다.

혈교도들은 의외로 놀라지 않는 눈치였다. 그 시점에 살짝 불안감을 느낀 마종운이었으나 크게 개의치는 않았다.

'놀라지 않은 게 아니라 너무 놀라 얼어붙은 것일 테지!'

그렇게 생각하니 과연 그런 것처럼 보이기도 했다. 마종운은 그렇다고 이내 단정을 짓고는 사나운 웃음을 머금었다.

"누가 먼저 목을 내놓을 테냐!"

쉬릭!

대답이라도 하듯 전방으로 짓쳐 드는 신형. 한순간 흠칫한 마종운이었으나 이내 마음을 가다듬고는 경력을 방출했다.

"용기는 가상하다만, 그것이 전부다!"

파밧!

허공을 수놓는 만화조복의 검기.

현란하다 못해 눈부시기까지 한 형형색색의 매화잎들이 허공을 수놓았다.

그 꽃잎들은 이내 본질이라 할 수 있는 검기의 삭풍이 되어 허공을 찢어발겼다.

무공에 대한 조예가 깊지 않더라도 그 날카로움을 능히 알 수 있을 만큼 난폭한 기세. 닿기만 하더라도 모든 것을 찢어발길 듯했다.

한데 상대방은 그 검기의 궤적 안으로 신형을 밀어 넣다시피 하고 있는 것이었다.

'멍청한!'

마종운은 마음속으로 광소를 터뜨렸다. 이윽고 그의 눈앞에서 이름 모를 상대방은 갈가리 찢겨 나갈 것임이 분명했기에.

그러나 예상과 달리 상대방의 신형은 멀쩡했다.

"뭣……!"

검막을 파고들어 온 신형이 돌연 우수를 내뻗었다.

쾅!

마종운의 신형이 주르륵 밀려났다. 치고 들어갈 때와 비슷한 기세.

그렇다는 건 결국 상대방의 실력이 그와 비교해서 크게 밀리지 않거나 그 이상이라는 뜻이었다.

뒤늦게 상대를 확인한 마종운의 두 눈에 핏발이 섰다.

"이런 말도 안 되는!"

갓 관례를 치렀을까 싶은 젊은 여인이 장검을 쥔 채 그와 대치하고 있었다.

그 사실만으로도 마종운에게 있어선 엄청난 충격이었다.

얼마 전 이립도 채 넘기지 못한 애송이에게 굴욕을 당했거늘 여기에 그런 계집이 또 있을 줄이야?

"크으……!"

자기도 모르게 이를 악문 마종운이 일갈했다.

"네년은 대체 뭐냐!"

"알고서 찾아온 것이 아니었소?"

되묻는 목소리는 여인의 것이 아니었다. 그녀의 왼편. 마종운을 따라 치고 들어가던 화산 검수들을 흘려보낸 장년의 사내가 흘린 것이었다.

"네놈은 또 뭐냐!"

"세상 사람들은 만박서생 유숭이라 부르지. 뭐, 그래 봐야 혈교 한정이지만 말이오."

혈교 한정이라는 말과 달리 마종운 또한 얼핏 들어본 적이 있는 이름이었다. 물론 익숙하다고 할 정도는 아니었지만.

"그리고 이쪽은……."

여인에 대해 소개하려던 유숭이 돌연 피식 웃었다.

"아니, 구구절절 소개할 필요도 없겠군. 귀하에게 필요한 설명으로는 하나면 족할 테니."

"뭐라고?"

"귀하의 목숨을 가져갈 자. 그렇게 알아 두시오."

마종운의 두 눈에서 벼락이 번뜩였다.

"하! 아무래도 혈교 놈들은 헛소리를 나불대는 방법만 연습한 모양이로구나!"

"정녕 그렇게 생각한다면 딱한 일이로군. 미안하지만 우리에게 있어 귀하의 존재는 큰 의미가 없소, 육천검주 마종운."

"……!"

마종운은 흠칫했다.

기습에도 침착하게 대응한 것이야 그렇다 쳐도 그의 이름과 별호까지 알고 있다는 건 또 다른 문제였던 까닭이다.

'그렇다는 건……!'

숭산에까지 혈교의 정보망이 뻗어 있다는 것. 그리고 이는 또 다른 사실을 의미하기도 했으니…….

'아직 혈교의 무리가 백도무림 안에 뿌리를 박고 있다는 말인가?

"무슨 생각을 하고 있을지 대강 짐작이 가는군."

유숭의 어조는 침착했다.

"우리가 인고해 온 시간이 고작 한두 해일 거라 생각했소? 미안하지만 우리는 백도무림에 대해 당신들보다도 자세히 알고 있다오."

"흥! 헛소리를!"

"정녕 그렇게 생각한다면, 좋을 대로 받아들이시오. 어차피 귀하의 생각 따위야 무의미한 것이니."

그렇게 말한 유숭이 뒤로 물러났다.

마종운이 그를 쫓아 치고 들어가려 했으나 이내 여인이 그의 앞을 가로막았다.

"아무래도 귀하가 암후의 마음에 쏙 든 모양이군."

"암후라고?"

마종운이 신경질적으로 반문했다. 어린 계집에게 붙이기엔 너무나 광오한 별호가 아닌가.

그러나 여인의 눈빛에 살기가 깃들었을 때, 마종운은 생각을 바꿔야만 했다.

"……!"

강맹한 살초가 정면으로 쏟아져 들어왔다.

마종운은 조금 전까지의 격앙된 감정을 애써 가라앉혀야

했다.

'그러지 않고서는……!'

냉정을 찾지 않고서는 그녀를 당해낼 수 없으리란 것을 본능적으로 깨달았기 때문이다.

차차차창!

쇠사슬처럼 연이어지는 연격. 특별히 이름 붙은 초식은 아닌 듯한데, 하나하나의 검초가 예리하면서도 유연했다.

그 움직임 속에서 마종운은 원인을 알 수 없는 불쾌감이 스멀스멀 피어나는 것을 느꼈다.

'비슷하다.'

분명했다.

이 꺼림칙한 느낌은 결코 낯선 것이 아니었다.

고작해야 며칠 전에 받아 본 느낌이었던 것이다.

"설마!"

마종운이 고함을 치려는 찰나 암후의 칼날이 그의 왼쪽 어깨를 스쳤다.

호신강기로 인해 자그만 생채기만 났을 뿐이었지만 선명한 선혈이 허공으로 비산했다.

그러나 마종운은 약간의 고통조차 느끼지 못했다. 그 고통을 지울 만큼 경악이 컸던 까닭이다.

"놈이로구나! 놈이 바로 혈교와 내통한 것이었어!"

그의 외침 앞에 암후는 아무런 반응도 보이지 않았다. 애초에 이지를 상실한 그녀로서는 마종운의 말이 의미하는 바 따위는 알지도 못했다.

그러나 유숭은 달랐다.

고작 단편적인 한마디에 지나지 않을 뿐이나 마종운의 외침이 많은 뜻을 담고 있다는 것을 단번에 꿰뚫어 보았다.

그래서 그는 마종운을 속이기로 했다.

"너무 많은 패를 보이고 말았군. 설마 귀하가 그자에 대해 알고 있으리라고는 생각도 못했는데."

"네놈들… 놈과는 대체 무슨 사이인 것이냐?"

유숭은 대체 놈이 누구냐고 묻고 싶은 충동을 애써 가라앉히며 말했다.

"이제 와서 숨긴들 별 의미는 없겠지. 그는 우리의 중요 조력자요. 뭐, 어차피 귀하는 여기서 뼈를 묻을 테니 알아 봤자 의미는 없을 테지만."

"크윽!"

마종운은 분노에 이를 갈았다.

현월에게 패배했다는 감정. 더불어 그가 혈교의 내통자였다는 충격.

그 두 가지 사실이 머릿속에서 혼합되는 순간, 파생되는 것은 끝을 알 수 없는 격노였다.

지금까지는 단순히 현월에 대한 열패감만을 느끼고 있었던 마종운이었다. 그러나 그가 내통자라는 사실이 거기에 더해지자, 그 열패감은 곧 강렬한 사명감으로 돌변했다.

　열등감 속에 허우적거리는 패배자보다는 반드시 해내야 하는 임무를 띤 지사(志士)가 더욱 나은 법이었던 것이다.

　"그렇게 둘 수는 없다! 나는 네놈들의 야욕을 반드시 막고야 말 것이다!"

　고래고래 소리를 친 마종운이 몸을 홱 돌렸다.

　"후퇴한다!"

　막 접전에 들어간 무인들이 움찔하여 마종운을 돌아봤다.

　그러나 마종운은 그들에게 눈길 하나 주지 않은 채 이미 내달리기 시작한 직후였다.

　습격자들의 전열이 삽시간에 붕괴됐다. 그 와중에 다수의 화산 검수들이 빈틈을 포착당해 치명상을 입고 쓰러졌다.

　그러거나 말거나 마종운은 그저 내달릴 뿐이었다.

　그의 머릿속은 오로지 하나의 목표만을 위해 움직이고 있었다.

　'여남으로!'

　앞서 현월과 현검문에 대해 충분히 조사를 해놓은 그였다.

　일개 군소 문파의 무인 따위가 자신을 이길 리 없다는 확신에서였다.

'놈에겐 뭔가가 있다! 분명해!'

조금 전까지는 그것이 그저 막연한 추측에 불과했다. 그러나 이제는 제법 설득력이 높은 가설로 변해 있었고 마종운은 의심 없이 그것을 받아들였다.

그러는 편이 자신이 무명소졸에게 패배했다는 현실을 납득하는 것보단 편했기 때문이다.

패배로 인한 심마가 마종운의 정신을 점령해 버린 이상 그가 제대로 된 판단을 내린다는 것은 불가능에 가까웠다.

"……."

스윽.

암후가 마종운을 쫓고자 신형을 쏘아 내려 했다. 하지만 유숭이 그녀를 급히 말렸다.

'굳이 그럴 필요는 없을 터.'

마종운의 신법이 제법 빼어나다고는 하나 저렇게 내달려서야 흔적만을 남길 따름이었다.

유숭과 혈교도들의 입장에선 그저 느긋하게 뒤쫓기만 하면 될 일이었다.

'그리고 아마도…….'

마종운이 향한 그곳에 뭔가가 있다. 유숭으로서는 도무지 그냥 넘길 수 없는 사실이었다.

'그렇다면.'

유숭은 혈교의 별동대 중 최정예만을 고른 다음 마종운의 뒤를 쫓기 시작했다.

물론 암후 또한 포함되어 있었다.

'깊이 파고들 필요는 없겠지. 저 화산파의 머저리가 왜 저런 반응을 보였는지만 확인하면 될 일이다.'

제대로 본 게 맞다면 마종운은 암후의 무공에서 누군가의 흔적을 읽어낸 듯했다.

'암천비류공의 전승자가 더 있다는 뜻인지도.'

유숭의 표정이 절로 딱딱해졌다.

화무백의 전례를 생각해 본다면 이는 결코 가벼이 넘길 일이 아니었다.

물론 도저히 믿기지 않는 일인 것이 사실이었으나, 강호라는 곳은 원체 기기묘묘한 일이 벌어지고는 하는 법이었다.

'만약 마종운이 찾아간 자가 암천비류공의 전승자라면… 반드시 제거해야만 할 터!'

마종운은 내심 각오를 다졌다.

일단의 무리를 유설태에게로 보낸 그가 마종운의 흔적을 따라 신형을 쏘아 날렸다.

7장

추격

비록 유설태가 심어 놓았던 무림맹 내 혈교도 중 상당수가 사망하긴 했으나 혈교는 여전히 많은 수의 첩자들을 백도무림 내부에 심어 놓은 상태였다.

그렇게 구축된 정보망을 통해 마종운이 다수의 병력을 이끌고 온다는 것을 알아챘고, 이에 반격하기 위해 함정을 파놓았다.

기실 함정이라 해봐야 그다지 대단한 것은 아니었지만 말이다.

현 시점에서의 혈교 최강의 무인인 암후에, 만약을 대비하여 유숭을 붙였다.

더불어 화산의 검수들에게도 뒤지지 않을 정예 병력을 추려서 전진 배치시켜 놓았다.

원래의 계획대로라면 그들이 마종운의 무리를 묶어 놓는 동안 혈교의 본대가 해당 지점을 우회하여 포위하는 작전을 실시하고자 했다.

그리고 검술에 비해 생각이 얕은 마종운은 별생각 없이 치고 들어왔고 말이다.

거기까지는 모든 것이 유설태의 계획대로였다.

'한데……!'

유설태는 당혹감을 쉽게 갈무리하지 못했다.

유숭의 명령을 받고 복귀한 무인들이 올린 보고의 내용 때문이었다.

"마종운이 갑자기 전열을 이탈했단 말이냐?"

"그렇습니다. 암후님의 일검을 받아내고는 크게 당황하더니 이끌고 온 수하들마저 내팽개치고는 달아나 버렸습니다."

"수하들까지 팽개치고서?"

"예, 덕분에 상당수의 적을 참할 수 있었습니다."

"흐음."

유설태는 심각한 표정으로 턱을 괴었다.

그는 마종운에 대해 많은 것을 알고 있었다. 무림맹 군사로서 재직하던 때, 훗날을 대비해 구파일방 및 각 지역의 대문파들에 대한 정보 조사를 철저히 해둔 덕분이었다.

당연히 그 수좌라 할 수 있는 문주 및 가주들에 대해서도 철저한 조사를 해두었다.

마종운의 무위는 그중에서도 상위권.

나아가 자존심과 성질머리에 있어선 수위를 다툰다고 봐도 좋았다.

'그런 그가, 암후에게 겁을 먹어 달아났다?'

차라리 하늘이 두 쪽 났다는 말이 더 신빙성이 있을 것이다.

유설태는 마종운 같은 자가 겁을 먹고 달아났다는 말을 믿을 수가 없었다.

'생각할 수 있는 경우의 수는 두 가지이다.'

하나. 암후와 격돌한 마종운이 허수아비, 즉 가짜라는 것.

그러나 이것은 그다지 가능성이 높지 않았다. 암후 혼자라면 모를까 지금 그녀의 곁에는 유숭이 함께 있었던 것이다.

유설태에 버금가는 지성을 지닌 유숭이었다.

그런 그가 진짜와 가짜조차 분간하지 못했을 리는 없었다.

'그렇다면 결국 다른 하나의 경우라는 것인데……'

유설태는 미간을 구겼다.

나머지 하나라면 역시, 이것이 함정이란 걸 깨닫고는 미리 발을 뺀 경우이리라.

그러나 이쪽 또한 석연치 않았다.

고작 일합의 공방만으로 깨달을 일이라면 이미 그전에 깨달았어야 정상이기에.

더군다나 단순히 함정에서 빠져나가려 한 것치고는 조치가 너무 조악했다.

'결국 제삼의 경우가 있다는 것인가?'

유설태로서는 그렇게 생각할 수밖에 없었다.

물론 그게 뭔지는 아직 확실하게 파악할 수 없었지만 말이다.

'어쩔 수 없지. 이번 일은 유숭에게 일임해야겠다.'

그렇게 결론을 내린 유설태가 곧 명령을 하달했다.

"우리는 이대로 북진한다. 마종운과 그 잔당의 처리는 유숭과 암후에게 일임할 것이다."

*   *   *

"네, 네놈! 모든 게 네놈 때문이렷다!"

마종운은 무시무시한 기세로 내달리고 있었다.

화산제일경공이라 불리는 비엽풍하(飛葉風河)를 극성으로 발휘한 그의 신형은 마치 몰아치는 삭풍과도 같았다.

다만 그 바람의 방향이 적의 반대편이라는 것은 꽤나 격 떨어지는 모습이었지만 말이다.

여하간 무시무시한 속도만큼이나 역풍 또한 무시무시했는데, 그 와중에도 일갈을 뱉어내는 그의 음성은 조금도 이지러지지 않았다.

"빌어먹을 혈교도 놈!"

자신에게 패배를 안겼으며, 혈교와 내통하여 무림을 위기로 몰아가고자 하는 악도!

백도 세력에 속해 있다고 볼 수 없는 금왕이 그의 뒷배를 봐주고 있던 것도 대략 이해가 되었다.

"애초에 금왕, 그 능구렁이 같은 놈은 분열과 파괴만을 바랄 따름이지! 놈이 추구하는 것은 사사로운 재미와 장난거리뿐이니까!"

그런 연유로 백도무림의 파멸에 가세한 것이리라. 그렇게 생각하니 앞뒤가 딱딱 맞아 떨어졌다.

마종운은 이미 의심을 아득히 넘어선 확신 단계에 들어선 상태였다. 현검문과 현월은 혈교도이며, 금왕 또한 혈교 무리를 돕는 악도라는 확신이 그의 머릿속을 가득 메웠다.

어느새 이끌고 온 수하들과는 완전히 떨어진 상황. 하나 이것은 마종운이 어느 정도 의도한 바였다.

'미안하지만 너희는 시간 벌이를 해주어야겠다!'

암후라는 계집과 유숭이란 개자식이 추격해 오고 있다는 것쯤은 기감을 통해 알고 있었다.

그들의 실력이 마종운 홀로 대적하기 버거운 수준이라는 것 또한.

그러니 어쩔 수 없었다. 수하들을 뒤에 남겨서라도 시간을 버는 수밖에.

물론 그가 데려온 화산 검수들은 최정예 무인들.

그런 만큼 혈교 놈들에게 쉽사리 당하지 않을 것인데다, 어쩌면 거꾸로 혈교의 연놈들을 처단할 수도 있을 터였다.

'그렇다면 나는 그동안!'

무엇을 어떻게 할 것인가?

마종운은 한순간 주춤했다.

그 빌어먹을 놈이 어디에 처박혀 있는지는 잘 알고 있었다.

'하남성, 여남!'

일단 그곳에 도착만 한다면, 현검문을 찾아내는 것쯤은 일도 아닐 터였다.

하지만 그 다음엔?

흥분으로 인해 한동안 마비되었던 이성이 그제야 되돌아왔다.

냉정을 찾게 된 마종운은 이를 악물었다. 그의 이성은 정면 대결로는 현월을 이길 수 없노라고 말하고 있었던 것이다.

'그렇다면……!'

숭산으로 돌아가 백도 연맹의 모두에게 이 사실을 알려야 할까?

그러나 숭산에는 그 밉살스런 금왕이 있었다.

더군다나 백도 연맹의 중심이라 할 수 있는 혜법 또한 금왕과 현월에게 우호적인 태도를 보이는 마당이 아니던가?

이대로 소림으로 돌아가 봐야 뾰족한 수가 생기진 않을 듯했다.

오히려, 나아가 마종운이 오명을 뒤집어쓸 가능성도 있었다.

어찌 됐든 제대로 싸워 보지도 못하고 달아난 것은 사실이기에.

더군다나 혓바닥에 꿀 바른 듯한 금왕의 언변이라면 마종운의 위신을 땅바닥에 처박아 버리는 일도 얼마든지 가능할 터였다.

마종운은 이를 악물었다.

목구멍 너머 아랫배 깊은 곳으로부터 탄식이 절로 치솟았다.

더불어 풀 데 없는 분노 또한.

'정녕 방법은 없단 말인가?'

한동안 이를 악물고 있던 마종운의 뇌리로 한 가지 생각이 스쳐 갔다.

'무당파!'

현재 그의 위치는 호북성 중부.

여기서 그대로 북진하면 양양(襄陽)과 융중산(隆中山)이 나오고, 약간 방향을 틀어 북서쪽으로 향하면 무당산(武當山)이 나온다.

그리고 무당파 장문인인 태을진인(太乙眞人) 임장산은 마종운과는 막역지우였다.

"그렇다면!"

마종운은 순간적으로 개안한 기분이었다. 그의 뇌리를 스쳐간 생각. 그것을 재고해 보니, 이보다 좋은 방법이 없어 보였다.

"지금으로선 그 수밖에 없다!"

마종운은 이내 방향을 북서쪽으로 틀었다.

대다수의 군웅이 숭산으로 향한 와중에도 임장산은 굳건히 무당산을 지키고 있었다.

그것은 스스로 무림의 방패막이자 호북성의 장성 역할을 하겠다는 뜻으로 실로 고귀한 의도라고 할 수 있었다.

실제로 혈교도의 무리 또한 호북성 점령을 위해선 무당산을 거칠 수밖에 없었다.

호북의 심장을 부수지 않고서야 호북을 짓밟았노라고 할

수는 없을 테니까.

마종운은 그러한 무당파로부터 무인들을 빌릴 생각이었다.

'그리고 곧장 여남으로 향해, 그 빌어먹을 애송이 놈을 요절내 버릴 것이다!'

배후에 추격자들도 있긴 했으나 그보다는 복수가 우선이었다.

기실 마종운은 무림을 위해 행동하고 있는 것이 아니었다.

그저 복수라는 틀 안에 무림을 위한 행동이라는 변명거리를 담았을 따름이었다.

"임 형이라면 내 의도를 알아 줄 것이다!"

마종운은 그렇게 확신했다.

자신의 생각이 어디서부터 비뚤어졌는지에 대한 의식 따위는 전혀 없었다.

이제 그의 머릿속은 오직 복수에 대한 일념뿐이었다.

"조금만 기다려라!"

*   *   *

같은 시각.

마종운과 완전히 동떨어진 무인들은 공황 상태에 빠져 있었다.

'대체 뭐가 어찌 된 일이지?'

'어째서 장문인께서 달아나 버리셨단 말인가?'

물론 마종운 본인이야 달아난 게 아니라고 할 테지만, 남겨진 무인들의 입장에선 그가 달아났다고밖에 볼 수 없는 상황이었다.

오백에 달했던 무인들의 숫자는 사백 이하로 줄어든 뒤였다.

혈교와의 일전은 실로 짧은 시간이었으나 마종운의 기행으로 인해 치명타를 허용하고 만 것이었다.

그가 전장을 이탈함으로써 생긴 혼란과 빈틈을 혈교도들은 놓치지 않았고, 혼란에 빠진 백도 무인들은 크나큰 허점을 노출하고 말았다.

그리고 그 결과, 수십의 무인이 삽시간에 스러지고 말았다.

결국 마종운을 뒤따라 온 이들은 닭 쫓던 개 신세가 되어 버린 상황.

백도 무인들로선 목구멍 너머로부터 절로 욕이 치미는 일이었다.

물론 그들 중 대부분은 화산의 검수들이었던 만큼, 장문인인 마종운을 차마 욕할 엄두는 내지 못했다.

그러나 추격자들이 나타났을 땐 그들조차도 기어코 욕을

내뱉을 수밖에 없었다.

"치잇!"

"빌어먹을!"

추격자의 규모는 조출했다.

그러나 그 선두에 선 이는, 앞서 마종운과 공방을 벌였던 여인.

비록 짤막한 대결이었으나, 마종운이 주르륵 밀려나는 것을 똑똑히 목도했던 무인들로서는 절로 침음이 나올 일이었다.

게다가 말이 좋아 수백이지 기실 백도 무인들은 뿔뿔이 흩어져 있는 상황이었다. 개개인의 내공의 수준이 다른 까닭에 마종운에게서 떨어져 나간 시점과 장소 또한 가지각색이었던 것이다.

사백에 달하는 무인들이 장장 십여 리에 걸쳐 일직선으로 흩어져 있는 형국이었다. 결국 실질적으로 저들과 맞서게 되는 이들의 숫자는 수십에 불과하다는 뜻이었다.

거기까지 생각이 미치자 무인들의 얼굴이 절로 핼쑥해졌다.

반대로 유숭은 빙긋 미소를 지었고 말이다.

"빗자루질 하는 것과 별반 차이가 없겠군."

"큭!"

"하지만 그냥 싸워서야 너희들에게 너무 가혹한 일일 테지."

"……?"

"가라."

유숭이 손을 뻗어 먼 방향을 가리켰다.

"반각의 여유를 주지. 능력껏 달아나 동료들과 합세해 반격해라."

"뭐, 뭐라고?"

"대체 무슨 소리를……?"

백도 무인들이 멍하니 반문했다.

엷은 미소를 띤 채 그 반응을 바라보던 유숭이 쏘아붙였다.

"너희는 머저리들인가?"

"뭐, 뭐라고?"

"이게 무슨 말인지 이해 못 할 정도로 화산의 무인들은 멍청하냔 말이다."

"이익!"

화산 검수들이 이를 악물었다.

그러나 그 와중에도 유숭을 향해 달려드는 이는 하나도 없었다.

힘의 격차는 완연했던 것이다.

"자존심이 그렇게 중하다면 지금 이 자리에서 덤벼들더라도 상관없다. 오히려 그 편이 우리로서는 편하지."

유숭은 구태여 그들의 아픈 곳을 찔렀다. 그 말을 들은 무인들의 얼굴이 굴욕감으로 인해 푸르죽죽하게 변색됐다.

"크⋯⋯!"

"그런 게 아니라면 가라. 너희가 조금이라도 승기에 대해 생각하고 있다면."

"⋯⋯."

"나는 두 번 말하지 않는다."

한동안 고민하던 백도 무인들이 하나둘 내달리기 시작했다.

유숭은 느긋한 태도로 팔짱을 낀 채 그 모습을 바라봤다.

그리고 암후는 그런 유숭의 곁에 선 채 그를 물끄러미 응시하고 있었다.

이지를 상실했다고 하나 그녀가 짐승이나 다름없는 상태인 것은 아니었다.

비록 유숭과 유설태의 말에만 한정된 것이긴 하나, 암후는 그들이 명령하는 바를 대체로 무리 없이 이해하고 따르고는 했다.

지금도 마찬가지. 가만히 있으라는 유숭의 언질이 있었기에 그녀 또한 달아나는 무인들을 내버려 두고 있는 것이었다.

그리고 또한, 시선을 통해 질문을 던지고 있었다.

"왜 이런 짓을 하느냐… 고 묻는 듯한 눈빛이구나."

"……."

"그저 간단한 유희일 뿐이다."

그렇게 대꾸하고 마는 유숭이었으나 이내 마음을 바꾸고는 말을 덧붙였다.

"사실 화산과는 질긴 악연이 있지. 뭐, 실로 오래전의 일이긴 하지만 말이다."

"……."

"내 목숨보다 소중했던 사람을 화산파 놈들에게 잃었다."

유숭은 그 순간, 암후의 눈빛이 희미하게나마 이채를 띠는 것을 보았다.

"신선할 것 하나 없는 진부한 이야기지. 사실 너무나 오래된 일인지라 복수심조차 거의 남아 있지 않을 지경이지만……."

유숭은 쓴웃음을 지었다.

"그 감정의 파편 같은 것이 조금은 남아 있었던 모양이다. 왠지 놈들에겐 최대한의 공포와 고통을 주고 싶었다."

"……."

무겁고도 어색한 침묵이 흘렀다. 유숭은 더 이상의 말을 꺼내지 않았고 암후 또한 앞서 보였던 것 이상의 반응을 보이진 않았다.

그저 가만히 흘러가는 시간을 음미할 뿐.

약간의 시간이 흐른 후 먼저 운을 떼는 쪽은 당연하게도 유숭이었다.

"반각이 거의 다 지났군. 그럼 슬슬 추격을 시작해 볼까?"

팟!

암후가 돌연 유숭에게서 시선을 떼고는 화살처럼 신형을 날렸다.

그녀를 따라 혈교도들 또한 내달리기 시작했다.

그런 암후의 뒷모습을 유숭은 한층 깊어진 눈으로 응시했다.

'너는 진실로 이지를 상실한 것이 아닌 모양이구나.'

최소한 제대로 된 생각조차 하지 못하는 백치는 결코 아니다.

유숭은 그렇게 확신했다.

현재에 이르러선 마치 인형이나 다름없게 변해 버리고 만 암후였으나 그녀는 엄연히 나름대로의 생각과 판단을 할 줄 알았다.

'그렇다면 의사소통 또한 능히 할 수 있을 것인데.'

언어를 잃었다고 해도 소통을 할 방법은 많다. 더군다나 말귀를 알아듣는 것을 보면 언어를 잊었다고 하기도 애매했다.

그런데도 그녀는 말을 하지 않았다.

이상한 게 있다면 역시 그것이었다.

마치 벙어리라도 된 것처럼 그녀는 고집스럽게 침묵을 이어 오고 있었다.

'저 아이는 대체 무슨 생각을 하고 있는 것일까?

그러한 의문이 유숭의 뇌리를 스쳤으나 그는 이내 고개를 저었다.

"지금 생각할 일은 아닐 테지."

지금 그들이 해야 할 일은 백도무림을 향한 피의 복수, 오직 그것뿐이었다.

머릿속을 정리한 유숭이 이내 신형을 날렸다.

8장

늑대, 여남으로

"마종운이 이끄는 선봉대가 혈교도 병력을 향해 진군을 시작했다는군요."

전서구를 통해 날아든 암호문.

모종의 작업을 통해 이를 해석한 제갈윤이 곧바로 현월에게 보고했다.

잠시 침묵하던 현월이 넌지시 물었다.

"현재 위치는?"

"호북성 중부라고 합니다. 대략 의성(宜城)과 형문(荊門) 사이가 될 것으로 추정됩니다. 물론 시간이 경과했음을 감안한다면, 그보다 북진을 했을 가능성이 매우 큽니다."

"어쩌면 호북성 북부까지 다다랐을지도 모른다는 소리로군."

"예. 혈교 병력의 진군 속도가 놀라울 정도로 빠른 것을 감안한다면……."

"하남성이 지척일지도 모른다는 건가?"

"가능성이 아주 없다고 할 수는 없습니다. 물론 호북에는 무당파를 비롯하여 의기 있는 방파들이 즐비하니 혈교도들로서도 쉽게 통과하기는 어렵겠지만 말입니다."

그러나 언제가 되었든 통과하기는 할 것이다. 그 말을 애써 주워 삼키는 제갈윤이었다.

"……."

현월은 턱을 괸 채 침묵했다.

호북성이 뚫리고 나면 곧바로 하남성이다.

백도무림 연맹으로서는 그야말로 발등에 불이 떨어진 심정일 터였다.

물론 그것은 여남의 입장에서도 다를 것이 없었다.

호롱불로 암호가 적힌 문서를 태워 없앤 제갈윤이 고개를 저었다.

"정말 무서운 놈들이군요."

현월이 반응하지 않자 제갈윤이 재차 입을 뗐다.

"설마 이렇게 단기간에 중원의 절반을 가로지를 줄은 꿈에도 생각지 못했습니다."

"…한때 무림을 손에 넣을 뻔했던 자들이다. 이 정도는 오히려 당연한 게 아닐까?"

"그건 확실히 그렇군요."

제갈윤은 나직이 한숨을 내쉬었다.

"그래서 지금부터는 어찌 하실 계획입니까?"

"계획?"

"예. 저들의 접근이 가시화된 만큼 이제는 슬슬 대처 방안을 떠올리셔야 하지 않을까 싶습니다."

"대처 방안이라……."

혈교의 무리는 반드시 여남에도 들이닥치리라. 제갈윤도 현월도 그 사실을 부정할 수 없었다.

낙양이나 정주만큼은 아니더라도 여남 또한 하남성 내에서 꽤나 비중 있는 도시였던 것이다.

혈교도들이 그냥 지나쳐 주기를 바라는 것은 너무 안일한 생각일 터였다.

아니, 그전에 현월에게는 결코 저들을 내버려 둘 생각이 없었다.

'유설태……'

지금 혈교도들을 이끌고 있는 것은 다름 아닌 유설태일 터.

애초에 현월이 회귀하게 된 원인이자, 이 모든 일을 시작한 장본인이 바로 유설태였다.

물론 그 배후에 제갈철이 존재했고 모든 것이 그자의 손아귀 안에서 놀아난 결과라는 것을 알게 되긴 했지만 말이다.

설령 그렇다 하더라도, 현월에게 있어 최종적인 목표는 어디까지나 혈교와 유설태였다.

'최소한 이번 삶에서는… 말이지.'

현월은 순간 맥이 탁 풀리는 기분이었다. 그러나 이내 고개를 젓고는 전의를 다졌다.

'나는 놈들의 모든 것을 말살할 것이다.'

유설태를 죽이고 혈교를 멸망시킨다. 그러기 위해 시간을 거슬렀고 그러기 위해 강해졌다. 그런 현월에게 있어 지금의 전쟁은 너무나 기다려 왔던 상황일 수밖에 없었다.

기실 금왕의 제의를 거절한 것도 이 때문이었다.

'암살자가 되어 달라고?'

현월은 피식 웃었다.

애초에 그는 처음부터 암살자였다.

다만 차이가 있다면 누군가의 명령이나 부탁 따위를 받아 암살행을 펼치진 않는다는 점이었다.

그렇기에 백도무림 휘하의 암살자가 되어 달라는 제의 따위를 받아들일 순 없었던 것이다.

그는 어디까지나 자신의 의지로 암살행에 나설 것이었기에.

현월은 제갈윤을 돌아봤다.

"놈들의 이동 경로를 지속적으로 관찰한 후 보고해 줬으면 좋겠다."

"알겠습니다. 한데 암월방의 전력을 확장하시진 않을 생각인지요?"

"전력?"

"예. 명령만 하신다면 추가로 무사들을 확충할 수 있을 것 같습니다만……."

"무사들이라……."

잠시 생각하던 현월은, 그러나 이내 고개를 저었다.

"아니, 지금 상태가 적당해. 이제 와서 숫자를 늘려 봐야 크게 달라지는 것도 없을 테고."

"하지만……."

"정 걱정된다면 네 호위로 쓸 만한 사람이나 확보해 둬. 다만 신뢰할 수 있는 자들이어야 해."

"으음. 아, 알겠습니다."

제갈윤과의 대화를 마친 현월은 밖으로 향했다.

바깥에는 완연한 어둠이 깔려 있었다. 현월에게 있어선 요람보다도 포근한 어둠이었으나 오늘만큼은 그 느낌이 사뭇 달랐다.

그것은 아마도 일생일대의 일전을 코앞에 두었기 때문이리라.

'마침내…….'

현월에게 있어 최초이자 최종 목적이었던 혈교와의 일전을 눈앞에 두었다.

냉정하기 그지없는 현월의 가슴이 자제력을 잃고 맥동하는 것은 오로지 그 때문일 터였다.

"이제 어찌 할 생각이죠?"

갑작스레 들려온 질문.

현월은 시선을 돌렸다.

어둠 너머에서 흑련의 신형이 스르륵 나타났다. 그녀의 얼굴을 확인한 현월이 쓴웃음을 지었다.

"은신 실력이 한층 상승했는걸. 이만큼 접근했는데도 몰랐어."

"딴 데 정신이 팔려 있었기 때문이겠지요."

"부정하기 어렵겠는걸."

조심스럽게 다가온 흑련이 현월의 어깨에 손을 얹었다.

"여전히 그 일 때문에 고민하고 있는 건가요?"

"그 일?"

"반복되는 삶에 대해 이야기했었잖아요. 이미 수백 번 회귀해 본 마귀 같은 인간에 대해서도."

현월은 피식 쓴웃음을 머금었다.

"넌 그 얘기를 믿지 않는 줄 알았는데."

"제가 아니라 다른 누구라도 믿지 않을 거예요. 보통은 말이죠."

하기야 그럴 것이다.

현월조차도 회귀를 경험해 보지 않았다면 결코 믿지 않았을 이야기였으니까.

"한데 지금은 믿는다는 거야?"

"당신이 거짓말을 할 사람은 아니라고 생각하니까요. 결국, 그 말을 믿는 게 아니라 당신을 믿는다는 거죠."

"그런가."

흑련이 현월에게서 살짝 물러났다.

"그래서 앞으로의 계획은 뭐죠?"

"글쎄……."

현월은 미간을 살짝 찡그렸다.

여남을 벗어나 행동하기는 어렵다.

아무래도 제갈철의 존재가 자꾸만 마음에 걸렸던 까닭이다.

물론 그자의 무위를 감안한다면 현월이 여남에 처박혀 있다고 하여 크게 달라질 게 없을 것 같기도 했다. 지금의 현월이라 해도 제갈철을 상대로 승리를 장담할 수는 없었기에.

'하지만……'

그렇다고 하여 마음 내키는 대로 행동할 수도 없었다.

세상에는 만약의 경우라는 것이 언제나 존재하는 법이었으니까.

현월이 세울 수 있는 계획의 폭이 극도로 좁혀진 것은 바로 이 때문이었다.

자칫 자리를 비우기라도 했다간 무슨 일이 일어날지 알 수 없기에, 외부적인 활동을 할 엄두조차 내지 못하는 상황.

그렇다 보니 지켜보는 흑련의 입장에선 답답할 수밖에 없을 터였다.

그래서일까?

그녀의 목소리는 책망하는 듯한 어조였다.

"너무 그자에 대한 생각에 빠져 있는 것 아닌가요?"

"……"

"생각해 보세요. 그렇게 강대한 힘을 지닌 자가 지금까지 가만히 있다는 건, 결국 당신을 내버려 두겠다는 의미가 아니겠어요?"

"그럴지도 모르지만……"

현월은 양미간을 구겼다.

그 또한 그런 생각을 하지 않은 것은 아니다.

그러나 고작 그 정도 추측만으로 마음을 놓아 버릴 수는 없다는 생각 또한 드는 것이었다.

　"그자가 정말 당신 말대로의 괴물이라면 어쩌면 당신이 이렇게 고민하고 전전긍긍하는 모습을 지켜보며 즐거워하고 있을지도 모르죠."

　"……."

　"그런데도 계속 끙끙거리고만 있을 건가요?"

　현월은 흑련의 눈동자를 똑바로 응시했다. 아마도 그녀가 이런 식의 독려, 혹은 채근을 하는 것은 처음일 터였다.

　본래는 금왕의 수하인 그녀였다.

　현월과의 관계는 그저 금왕의 명령에 의해 일시적으로 맺어진 것에 불과했다.

　"확실히 최근의 내가 답답해 보이긴 했나 보군."

　"이제라도 깨달았다니 다행이네요."

　"근데 왜 이렇게까지 나를 독려하는 거지?"

　"그야……."

　뭐라 대답하려던 흑련이 입을 꼭 다물었다. 그녀는 현월이 뭐라고 하기도 전에 휙 몸을 돌렸다.

　"가 볼게요."

　그 말만 남기고는 휙 신형을 날려 달려가 버리는 흑련.

　현월은 멍하니 그 뒷모습을 바라보다가 눈을 떴다.

"멍청히 있을 수만은 없겠지."

자기도 모르게 흘러나오는 혼잣말. 확실히 근래의 현월은 닥치지도 않은 일로 인해 너무나 지지부진한 모습을 보여 왔다.

그러는 것 자체가 제갈철의 의도대로 끌려가는 것인지도 모른다.

흑련이 하고픈 말은 그것이었으리라.

"주도권을 뺏긴 채로는 언제까지나 놈에게 끌려다닐 수밖에 없겠지."

제갈철이 꾸미고 있는 계획이 무엇인지는 몰랐다. 하지만 한 가지 사실만은 분명히 알 수 있었다.

지금의 현월이 행동의 주도권마저 뺏기게 된다면 그것이야말로 끝장이라는 사실을.

"놈이 무얼 할지 근심할 게 아니다. 내가 무얼 할 수 있을지를 생각해야 한다."

그렇게 생각을 정하고 나니 답답하던 기분이 조금은 풀리는 것 같았다.

"그렇다면……."

*   *   *

푸른 늑대는 마침내 장성을 넘었다.

물론 장성을 넘었다 해도 제대로 된 거주민이 존재하는 곳까지는 거리가 상당했고, 그곳으로 향하는 길은 거친 황야의 연속이었다.

바람과 햇살과 별빛과 빗발을 벗 삼은 채 나아간 그는 얼마 지나지 않아 섬서성의 자장(子長)에 당도할 수 있었다.

거침없이 내딛어지던 그의 발걸음은 일단 그곳에서 멈추었다.

"……."

푸른 늑대는 머저리가 아니었다.

비록 그 울타리 안에서 살아 본 적은 없었으나, 중원이 얼마나 넓으며 사람 또한 얼마나 많은지 잘 알고 있었다.

물론 나름대로의 계획은 있었다.

'나는 이제부터 소천호가 될 것이다.'

푸른 늑대는 옛 숙적의 이름을 차용할 것이다. 숙적의 이름을 지닌 채, 그를 죽인 이들을 찾는 복수행을 시작할 것이다.

그러나 그렇다고 하여 무작정 사람을 베어 넘길 수야 없는 노릇.

우선은 정보가 필요했다.

'그렇다면 어디로 가야 하는가?'

막막하기 짝이 없었다.

중원 내에 수많은 정보 집단이 있다는 것은 알고 있었으나 막상 그들과 접촉할 방법을 알지 못했기 때문이다.

그나마 다행한 점은 화폐가 있다는 것.

전장에서 쓰러뜨린 중원인들에게서 챙긴 동전이 여럿 있다는 점이었다.

'일단 일일이 부딪쳐 가며 수소문할 수밖에 없나.'

푸른 늑대가 그렇게 고민하고 있을 때였다.

"복수를 원하는가?"

"……!"

푸른 늑대는 상체를 반전시켰다.

그 짧은 순간에 그의 양손은 어느새 활을 쥐고 시위를 당긴 채였다.

촉끝이 겨냥하고 있는 것은 어느 중년인의 얼굴. 처음 보는 자였으나 푸른 늑대는 이유도 모르게 심장이 맥동함을 느꼈다.

강자를 만났을 때의 반응이었다.

"누구냐."

"제갈철."

중년인이 대답했다.

"그러나 그렇게 설명해 봐야 자네는 모를 테지."

"…조금 전에 지껄인 말은 뭐지?"

"말 그대로일세. 나는 자네의 목적을 알며, 자네가 찾고 있는 자가 누구인지도 알고 있다네."

"개소리."

푸른 늑대가 씹어뱉듯 대꾸했다. 하늘과 땅과 푸른 늑대 본인만이 알고 있는 사실을 처음 만난 이 작자가 무슨 수로 알겠는가?

그러나 마음 한구석에선 혹시나 하는 생각이 피어나고 있었다.

최소한 이 사내는, 푸른 늑대의 목적이 복수라는 것을 꿰뚫어보고 있었다.

중년인, 제갈철은 웃었다.

투명한 미소였다.

"소천호."

"……!"

활과 시위를 쥔 푸른 늑대의 양팔이 스르륵 내려갔다.

"당신은 하늘의 대리인이오?"

"왜 그렇게 생각하지?"

"나와 숙적의 이야기를 아는 것은 하늘과 땅뿐이니까."

"글쎄. 초를 치는 말이 될 수도 있겠지만, 꼭 그렇지만은 않지 않은가? 자네야 숙적에 대해 침묵을 지켰겠지만, 자네의 숙적은 그렇지 않았거든."

"…전사 소천호에 대해 알고 있소?"

"그를 모른다면 이름을 대지도 않았을 테지. 그렇지 않은가?"

"그건… 그렇군."

푸른 늑대는 고개를 주억거렸다.

물론 그렇다고 하여 모든 의문이 풀린 것은 아니었다.

"자네를 뭐라고 부르는 게 좋겠나?"

"소천호… 아니, 푸른 늑대."

"푸른 늑대라. 그럼 청랑(靑狼)이라 부르면 되겠군. 괜찮겠나?"

"좋을 대로."

"그럼 앞으로는 청랑이라 부르겠네. 한데 자네의 이름을 묻는데 왜 소천호의 이름을 대려 한 것이지?"

"숙적을 살해한 자를 찾기 위해 그의 이름을 차용할 생각이었소."

"그렇군. 하지만 그럴 필요는 없네. 내가 그자가 누구인지 잘 알고 있거든."

푸른 늑대, 청랑은 팔짱을 꼈다.

"어떻게 잘 알고 있다는 것이지?"

"간단하네. 소천호가 죽을 때, 나 또한 그 자리에 있었으니 말이야."

청랑의 눈이 한층 깊어졌다.

예상보다 일이 쉽게 풀리는 데에 대한 의문과 당혹감이 담긴 눈빛이었다.

"어떻게 알고서 내게 접근한 거지? 귀신이 아니고서야 내가 이곳으로 온다는 것조차 알지 못했을 텐데?"

"그것은……."

말끝을 흐린 제갈철이 빙긋 웃었다.

"미안하지만 대답할 수 없네."

"사법(邪法)을 사용한 것인가?"

"비슷하다고 해두지."

"……."

청랑의 눈빛이 한층 차가워졌다. 그러나 제갈철은 조금도 개의치 않는 눈치였다.

"어쩔 텐가? 사술을 사용한 자의 말 따위는 듣지 않을 것인가?"

"…아니. 지금은 사술이니 사법이니 따질 처지가 아니니까."

"하면 본론으로 들어가도 되겠군?"

"아니, 몇 가지만 더 물어봐야겠소."

"좋을 대로 하시게."

잠시 고민하던 청랑이 입을 뗐다.

"소천호와는 어떤 사이지?"

"한때 동지였다고 할 수 있겠군."

"그가 죽게 된 경위는?"

"사모했던 여인의 복수를 하고자 무림맹을 단독으로 습격했지. 자네가 알지 모르겠지만, 본래 그는 혈교도였거든."

"……."

"여인 또한 혈교 소속이었는데, 무림맹 놈들에 의해 목숨을 잃었지. 소천호는 그 복수를 하고자 하였고 결국은 성공했네."

"……!"

청랑의 눈빛이 흔들렸다.

십 년에 가까운 세월을 숙적으로 지내 온 그였기에 소천호에 대해서는 상당히 많은 것을 파악하고 있었다.

그가 혈교도라는 사실 또한 그중 하나였다.

"잠시 여기서 기다리시오."

청랑은 잠시 근처의 사람들에게 수소문을 해보았다. 다른 정보라면 모를까 무림맹 같은 거대 집단과 관련된 정보를 얻는 것은 어렵지 않은 일이었던 것이다.

사람들의 이야기는 대체로 제갈철의 말과 일치하는 것이었다.

거대한 규모의 습격이 있었고, 그로 인해 무림맹이 막대한 피해를 입었다는 것.

습격을 자행한 흉수는 사망한 것으로 추정되며 들리는 소
문에는 그게 단 한 명의 소행이라는 것.

제갈철에게로 되돌아 온 청랑이 말했다.

"그래서, 소천호를 죽인 자는 누구지?"

제갈철의 미소가 한층 짙어졌다.

이것이야말로 그가 기다리던 순간이었다.

"현월. 여남의 현월이라고 한다네."

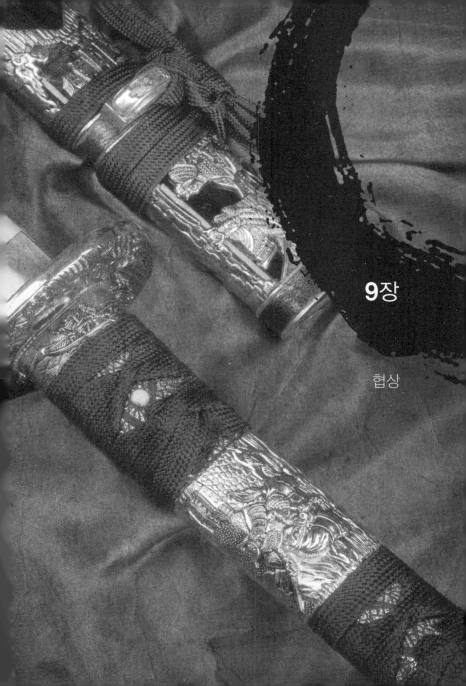

9장

협상

정처 없이 달리길 몇 시진.

마종운은 어느 사립문 앞에 서 있었다.

"······."

한동안은 자신이 어디에 와 있는지조차 깨닫지 못했다.

워낙 정신없이 달리기만 한 까닭이었다.

한참 뒤에야 자신의 앞에 놓인 사립문이 익숙하다는 것을
깨달았다.

"무당······."

분명했다.

무당파로 들어서는 기다란 돌계단. 그 앞에 자리 잡은 아담한 사립문.

그제야 자신이 해야 할 일이 퍼뜩 뇌리를 스쳤다.

"장산!"

태을진인 임장산, 그의 막역지우.

파밧!

마종운은 사립문을 부수다시피 하며 안으로 들어섰다. 그러고는 이내 쏜살같은 기세로 돌계단을 딛고 달리기 시작했다.

길고도 높은 돌계단 수백 단을 밟고 달리다 보니 고풍스러운 목조 건물들이 눈에 들어왔다. 이 역시 익숙한 광경.

그는 무당파의 안마당에 들어선 것이다.

"멈추시오!"

눈치 빠른 도사 몇이 소리쳤다.

이미 기수식을 취한 것이 말을 듣지 않으면 당장에라도 요격할 기세였다.

안 그래도 요사이 혈교의 준동으로 인해 신경이 곤두설 대로 곤두선 상황.

그런 마당에 정체 모를 누군가가 질풍 같은 기세로 달려오고 있으니 기겁을 하지 않을 수가 없는 것이다.

마종운은 일단 멈춰 섰다.

"장산은 어디 있나!"

"……?"

잠시 멍한 표정을 짓던 도사들의 얼굴이 이내 일그러졌다.

정체 모를 사내가 언급한 이가 바로 자신들의 장문인임을
깨달은 것이다.

"누구시기에 장문인을 찾는 것이오?"

"마종운!"

도사들은 한차례 더 멍한 얼굴을 했다. 그 흐리멍덩한 반응
에 마종운은 왈칵 짜증이 났다.

"어서 장산에게 안내해라!"

"크……!"

기세를 격발하는 동시에 내공을 실어 일갈하니 도사들의
몸이 크게 휘청거렸다. 공력이 중후하지 못한 몇몇은 선혈을
흘릴 정도였다.

그러나 마종운은 개의치 않았다.

안 그래도 뒤꽁무니에 불이 붙은 상황인데 이깟 아랫것들
의 상황을 배려할 이유 따위는 없었다.

"어서 장산을 불러오라니까!"

"그리 닦달할 필요 없네."

익숙한 음성.

마종운과 도사들의 얼굴이 한 방향으로 돌아갔다.

"자, 장문인……."

"너희는 물러가 치료부터 하여라."

그렇게 말하는 임장산의 어조는 바위처럼 딱딱했다. 물론 그것이 도사들 때문일 리는 없었다.

"오랜만이군. 한데 그사이 무슨 변고라도 있었던 모양이지? 자네답지 않은 짓을 하다니."

"상황이 급박하여 어쩔 수 없었네."

"아무리 급박하다 한들 그렇게까지 할 필요는 없었다고 보네만."

마종운은 미간을 찡그렸다.

그래도 급한 쪽은 본인이니 할 수 없이 자존심을 굽혔다.

"불쾌했다면 사과하겠네."

"사과는 내가 아닌 저 아이들에게 해야 한다고 보네만."

"사과라면 나중에 양껏 하겠네. 지금은 더 중한 일이 있단 말일세."

"…말해 보게."

마종운은 자신이 겪은 상황과 그에 따른 추측에 대해 늘어놓았다.

물론 본인의 주관이 극도로 들어간 것인 만큼 몇몇 부분에 있어서는 가히 왜곡에 가까운 변형이 첨가될 수밖에 없었다.

특히나 현월과의 비무에서 깔끔하게 패배했다는 사실 같

은 경우는 더더욱.

이야기를 유심히 듣던 임장산이 침음했다.

"사실 요사이 자네에 대한 묘한 흉문이 들린다 싶더니 그런 일이 있었군."

"흉문이라고?"

"그렇다네. 자네가 무명의 젊은 무인과의 비무에서 패했다는 얘기가 돌더군."

"좀 전에 설명하지 않았나. 그건 금왕과 혜법, 그 늙은이들이 꾸며낸 함정이었다고."

"……."

"어쨌든 지금 중요한 건 그게 아닐세. 중요한 사실은 그 여남의 애송이 놈이 혈교의 끄나풀이란 점이야."

임장산은 물끄러미 마종운을 바라봤다.

마종운은 그 시선에 불신이 섞여 있음을 깨닫고는 이를 악물었다.

"지금 내 말을 못 믿겠다는 건가?"

"그런 건 아니네만 잠시 정리를 해볼 필요는 있을 것 같군."

"정리라니?"

"보게. 자네 말대로라면 금왕 및 혜법 선사 또한 혈교와 연결되어 있다는 것인데, 그게 지금 말이 된다고 생각하는가?"

"안 될 것은 뭔가? 금왕 그 여우같은 늙은이야말로 강호에서 가장 믿어선 안 될 인간인데."

"글쎄. 내 생각은 좀 다르네. 게다가, 설령 금왕이 혈교와 연결되어 있다 한들 혜법 선사까지 그럴 거라고는 믿기 어렵네."

"좋아! 최소한 그 땡추는 아무것도 모른다고 치지. 하지만 금왕과 현월, 그 두 놈만큼은 필시 혈교와 손을 잡고 있는 것이 분명해!"

"…하여, 자네가 원하는 것은 뭔가? 단순히 그 얘기만 하러 온 것 같지는 않은데."

"여남을 쳐야 하네. 자네의 힘이 필요해."

마종운을 바라보는 임장산의 표정이 한층 딱딱해졌다. 사실 그럴 수밖에 없었다.

"나는 조금 전 자네가 우리 무당의 도사들에게 어떻게 하는지를 보았네만."

"그러니까 말하지 않았나! 상황이 급박하여 어쩔 수 없었다고."

그렇게 변명한 마종운이 하는 수 없다는 듯 말을 덧붙였다.

"사실 지금 나는 혈교 놈들에게 추격당하고 있네. 이미 놈들과 한차례 충돌했다가 전력의 부족을 실감하고는 퇴각하고 말았네."

"놈들과 부딪쳤다는 건… 자네 혼자가 아니었다는 얘기로
군."

"그렇다네."

나직이 대꾸하는 마종운의 태도엔 뭔가 석연찮은 면이 있
어 보였다.

최소한 임장산이 보기엔 그러했으나, 그는 길게 캐묻지 않
기로 했다.

"미안하지만 자네의 요구는 들어주기 힘들겠네."

마종운의 동공이 확대됐다.

"뭐라고?"

"자네가 말하지 않았나? 추격자들이 오고 있다고. 그렇다
는 건 그들이 곧 이곳 무당산까지 들이닥치리라는 뜻 아닌
가?"

"그것은……."

"내 힘이 필요하다고 했지? 아마도 그 현월이란 자를 협공
하자는 생각인 것 같은데, 내가 이곳을 비우면 무당의 상황은
어찌 될 것 같은가?"

"……."

"나는 이곳을 한시도 비울 수 없네. 자네의 부탁보다도 중
요한 것은 무당의 안위일세."

"크윽."

"게다가."

임장산이 눈썹을 꿈틀댔다.

"자네는 수하들을, 화산의 무인들을 버리고서 혼자 달아났네. 그런 자네의 부탁을 들어준다는 것은 내 무인으로서의 양심이 용납하지 않네."

"나, 나는……."

마종운의 눈동자가 거세게 흔들렸다.

임장산의 지적은 정확했다.

우선은 추격자들의 존재.

워낙 정신없이 달린 탓에 인지하지는 못했지만 그는 속도에만 치중한 나머지 흔적을 지운다는 생각을 하지 못했다.

아마도 지나간 흔적을 거하게 남겨 놓았을 터.

그것을 보고 추격하는 것쯤은 그리 어려운 일도 아닐 것이었다.

'게다가…….'

마종운은 뒤늦게 깨달은 사실에 이를 악물었다.

그제야 자신이 무슨 짓을 저질렀는지 실감이 되었던 까닭이다.

그가 끌고 갔던 무인들. 그들이 어찌 됐을지는 새삼 유추할 필요조차 없었다.

필시 추격자들에 의해 도륙을 당했을 터.

모든 것은 그가 갑작스레 전장을 이탈해 버린 까닭이었다.

그의 잘못이었다.

"내, 내가 무슨 짓을 한 거지?"

마종운은 두 손으로 머리를 감싸 쥐었다. 어느 정도 냉정을 찾고 보니 자신이 벌인 일이 얼마나 멍청한 짓이었는지 실감이 되었다.

'대체 어째서?'

물론 마종운은 그 이유를 잘 알고 있었다. 그저 인정하기 싫을 뿐이지.

그는 두려웠던 것이다. 어린 나이임에도 자신과 맞먹는, 아니, 어쩌면 자신을 압도할지도 모르는 실력을 지닌 암후의 존재가.

또한 그녀만큼은 아니어도 마종운 자신보다는 확실한 고수일 유숭이.

마종운은 이미 짧은 공방만으로도 그 두 사람의 실력이 자신을 능가한다는 것을 간파했다.

물론 예전이었다면 그 정도에 겁을 먹진 않았을 것이다.

설령 퇴각하는 일이 있더라도 최소한 자신이 이끌고 온 사람들만큼은 어떻게든 수습하여 달아나려고 했을 것이다.

'그런데 왜!'

물론 마종운은 그 이유 또한 잘 알고 있었다.

현월에게 패배했기 때문이었다. 그에게 압도적인 실력 차로 깨진 까닭에, 패배에 대한 공포 자체가 뿌리 깊이 몸속에 각인되어 버린 것이다.

그리고 두 사람과의 대면은 그러한 패배에 대한 공포를 되살려 냈고, 기어이 마종운의 이성을 마비시키고 말았다.

결국 그는 달아났다.

물론 그 와중에도 머릿속으로는 이게 결코 도망치는 게 아니라고 되뇌었다. 나중을 대비한 포석이라고 애써 되뇌었다.

나는 달아나는 게 아니라 여남에 있는 현월을 치러 가는 거라고.

그러나 그것은 어디까지나 자기기만에 불과했다. 진실은 결국 하나였으니까.

마종운은 적을 두려워하여 달아났다.

그것이 진실이었다.

"크… 으!"

"자네, 괜찮은 건가?"

의아함을 느낀 임장산의 물음에도 마종운은 대꾸하지 않았다.

그저 머리를 쥐어뜯을 듯 움켜쥐기만 할 따름.

그리고…….

"으아아아!"

별안간 기괴한 포효를 토해낸 마종운이 벌컥 몸을 날렸다.

"뭣……!"

깜짝 놀란 임장산이 방어 태세를 취했다. 한순간 그가 공격하려는 것인가 생각해 버린 까닭이다.

그러나 마종운은 임장산이 아닌, 다른 방향으로 몸을 날렸다. 그러고는 쫓아갈 엄두조차 내지 못할 속도로 멀어졌다.

"대체… 뭐가 어떻게 된 것인가?"

임장산은 말을 잇지 못했다.

조금 전 그가 대면한 사내는 마종운의 탈을 쓴 미치광이에 가까운 듯했다.

"대체 무슨 일을 겪었기에……."

물론 임장산도 대충은 짐작하고 있었다.

패배에 대한 크나큰 충격이 사람의 인격과 가치관을 바꿔 버리는 것이야 강호무림에 있어 그렇게 드문 일도 아니었으니 말이다.

게다가 마종운은 젊을 적부터 천재의 칭호를 들어왔던 사내.

평생 탄탄대로만을 밟아 온 그가 겪었을 패배의 충격이 얼마나 클지는 대충 짐작이 되었다.

"하지만……."

그렇다고 하더라도 화산제일검이라고까지 불리는 사내를

저렇게 망가뜨리다니.

대체 그 현월이란 사내가 어떤 자인지 새삼 궁금해지는 임장산이었다.

"…하지만 지금은 그게 중요한 게 아닐 테지."

임장산은 이내 고개를 저었다.

마종운의 말이 사실이라면 아마도 혈교의 추격대는 그리 멀지 않은 곳까지 당도했을 터였다.

보아하니 임장산은 흔적을 지우는 것에 전혀 신경 쓴 것 같지 않았으니까.

"어서 대비를 해야겠구나."

임장산의 머릿속이 바쁘게 돌아갔다.

추격대는 아마도 혈교 측 최정예일 터. 그렇다면 그리 많은 숫자일 리는 없었다.

'기껏해야 스물에서 서른 사이일 테지.'

그 정도 숫자라면 무당의 힘만으로도 얼추 막아낼 수 있을 터였다.

물론 혈교도들이 머저리가 아닌 바에야 고작 그 숫자로 쳐들어올 생각을 할 리 만무했지만.

그런 까닭에, 약 반 시진 후에 들이닥친 혈교의 무리를 본 임장산은 할 말을 잃고 말았다.

　　　　*　　　　*　　　　*

"흠."

유숭은 대강 주변을 돌아봤다. 기다리고 있었다는 듯 갖가
지 병장기로 무장한 도사들.

그리고 그 사이에서 어처구니없다는 얼굴을 하고 있는 중
년 도사.

"보아하니 귀하가 태을진인 임장산인 모양이로군."

"……"

"혈교의 유숭이라 하오."

"만박서생 유숭……?"

임장산의 반문에 유숭은 의외라는 얼굴을 했다.

"놀랍군. 혈교 바깥에서 그 별호를 듣게 되리라고는 생각
지도 못했는데."

"나 또한 마찬가지요. 설마 소문의 책략가를 직접 만나게
되리라고는 생각도 못했소."

"책략가라. 딱히 그렇게 머리를 쓴 적은 없소만."

쓴웃음을 지은 유숭이 말을 이었다.

"어쨌든 귀하께서 무당의 장문인인 임장산인 듯하군."

"그렇소. 그리고 그대들은……"

임장산의 시선이 유숭의 왼편으로 향했다.

혈교와는 왠지 어울리지 않아 보이는 처녀.

그녀의 모습은 마치 이 상황 자체와 완전히 격리되어 있는 것만 같았는데, 피범벅에 꼴이 엉망인 다른 자들과 달리 옷매무새나 태도 등에 흐트러짐이 전혀 없었던 까닭이다.

저 유숭조차도 옷가지 곳곳에 피가 얼룩져 있을 지경인데, 여인의 옷엔 잡티 하나 없었다.

아마 다른 상황이었다면 어디 여염집 처녀가 길을 잘못 든 게 아닐까 생각했으리라.

그녀의 오른손에 들린, 슬며시 기울어져 있는 장검의 날을 따라 흘러내리는 핏방울이 없었다면 말이다.

"화산의 무인들은……."

신음처럼 흘러나온 임장산의 목소리.

유숭이 감정 없는 어조로 대꾸했다.

"대부분 처리했소. 다른 방향으로 달아난 이들까진 일일이 추격하지 않았지만."

"……."

"대부분 달아나지 않고 훌륭히 협공해 오더군. 우두머리와는 달리 훌륭한 기개를 지녔더군."

"그리고 그대들은."

임장산은 한숨 쉬듯 말했다.

"그 우두머리를 추격해 온 것이로군."

"그렇소."

유숭은 담담한 어조로 말했다.

"마종운은 어디에 있소?"

"내가 그 말에 대답할 거라 생각하오?"

임장산의 반문에 유숭은 고개를 끄덕였다.

"그렇소."

"…어째서요?"

"귀하는 생각이란 것을 할 줄 안다고 보니까. 마종운과는 달리 말이오."

"생각이라?"

"그렇소. 생각. 예컨대 우리와 협상을 벌인다거나 하는 경우 말이오."

임장산이 와락 표정을 구겼다.

"차라리 고양이에게 생선을 맡기는 게 낫겠군. 혈교와의 협상이라니 그게 말이나 된다고 보는가?"

"물론이오. 애초에 그렇기에 나와의 대화에도 응하고 있는 것 아니오?"

"뭐라고?"

"처음부터 협상 따위에 관심이 없었다면 혓바닥이 아닌 병장기로써 대화에 응했어야 옳지 않소?"

"……!"

"그러지 않았다는 것은 귀하 또한 마음 한구석에서 바라고 있었다는 뜻일 거요. 부디 피를 안 보는, 혹은 적게 보는 쪽으로 상황이 흐르기를."

예기치 못하게 허를 찔린 임장산이 움찔했다. 유숭은 빙긋 미소를 지었다.

"물론 우리는 강호무림을 불바다로 만들 것이오. 그 안에서 백도를 자처하는 이들 모두가 평생 지워지지 않을 악몽 속에서 살도록, 혹은 악몽보다도 깊은 죽음에 잠기도록 만들 것이오."

"……."

"그러나 그 순번의 차이쯤은 둘 수도 있겠지."

"그게 무슨 소리요?"

"간단하오. 마종운의 행방을 알려 준다면 무당파는 우리의 목표 중에서도 가장 마지막 자리에 남겨 두도록 하겠소."

"……."

"혹은 우호적인 합병을 할 수도 있겠지."

"말도 안 되는 소리를 하는군."

임장산은 불쾌감을 숨기지 않았다. 그러나 마음 한구석에서는 유숭의 제안을 받아들이고 싶다는 생각이 고개를 쳐들었다.

이유야 간단했다.

'지금 싸우게 된다면 크나큰 출혈을 입고야 말 것이다.'

지형적 특성 때문에 무당파는 백도 연맹의 방파제 역할을 하게 되었다.

그러나 그에 대한 대가는 대체 뭐란 말인가?

무림 연맹이란 자들은 아무 도움도 주지 않고 있었다. 그저 숭산에 틀어박힌 채 지루한 갑론을박만을 주고받을 뿐.

그들이 발등에 불이 붙어 움직이게 되는 것은 무당파가 짓밟히고 무너진 직후가 될 터였다.

'그런 그들을 위해 우리가 희생해야 할 필요가 있는가?'

물론 임장산은 혈교 따위와 손잡을 생각 따위는 추호도 없었다.

하지만 유숭의 말마따나 싸우는 것이 좀 더 나중으로 미뤄지는 것이라면 얘기가 달랐다.

백도 전체를 상대하느라 힘이 빠질 대로 빠진 혈교라면……?

'승산은 충분하다.'

임장산은 그렇게 생각했다.

만일 그렇게 된다면 무당의 이름은 강호의 역사에 영원토록 남게 될 것이었다.

혈교의 파멸자로서.

또한 태을진인 임장산의 이름 또한 대대손손 칭송받을 터였다.

그 모든 생각이 한데 엮여 결론으로 치닫는 데까지는 촌각의 시간만이 소요됐다.

재빠르게 결론을 내린 임장산이 말했다.

"그는 이곳에 없소."

유숭의 입가에 희미한 미소가 걸렸다.

"하면……?"

"우리에게서 병력을 빌리고자 했으나 거절당했고, 그러자 갑자기 괴성을 지르며 달아나듯 떠났소."

"어느 곳으로 갔는지는 알고 있소?"

"물론. 그러나 그전에 약조해야 할 것이오. 본인이 내뱉은 말에 대하여."

"협상 말씀이군."

"협상이란 표현은 적절하지 않은 것 같소. 이것은 차라리… 휴전이라 해야 할 것이오. 애초에 그대들과 우리 무당은 적이니 말이오."

"뭐가 되었든 좋소. 혈교의 명예를 걸고 맹세하지."

임장산은 짧게 고민했다. 고작 이 정도의 맹세를 믿을 수 있을 것인가.

그러나 그는 이내 받아들이기로 했다.

이미 협상을 하겠노라고 발언까지 한 마당에 소인배처럼

시시콜콜하게 따지고 드는 것은 마뜩잖았던 것이다.

생각을 정리한 임장산이 말했다.

"종운은 아마도 여남으로 갔을 것이오."

10장

모여드는 불씨

"제기랄! 빌어먹을!"

마종운은 연신 욕설을 토해냈다.

동시에 그의 두 다리는 거의 필사적이다시피 비엽풍하를 펼치는 중이었다.

정작 왜 내달리는지, 왜 욕을 뱉어내는지는 알 수 없었다.

그저 그것밖에 할 수 있는 것이 없기에 마종운은 목청이 터져라 욕설을 외치며 두 다리가 부러져라 내달릴 따름이었다.

숨이 턱까지 차올랐다. 머릿속으로 몰린 피에 눈앞이 핑 돌았다.

"크으!"

마종운은 이내 걸음을 멈추고는 땅바닥에 엎드렸다. 그러고 나니 새삼 자신의 모습이 자각되는 듯했다.

절세의 고수인 그가 땀에 범벅이 된 채 헐떡이고 있었다.

체력이 소진됐기 때문이 아닌 정신의 문제였다.

비엽풍하가 빼어난 경공이라 한들 마종운의 중후한 내력을 삽시간에 고갈시킬 정도는 결코 아니었다.

마종운은 그제야 자신이 왜 내달렸는지 깨달았다. 왜 욕을 토해냈는지도 깨달았다.

모든 것은 현월, 그 개자식 때문이었다.

"죽여 버릴 테다."

마종운의 두 눈이 분노와 증오로 희번덕거렸다.

그는 두 다리를 딛고 일어났을 때부터 철저히 강자의 입장에 서 있었다.

빼어난 무골을 타고난 그였다. 그 자질이 매화검수였던 사부의 눈에 들어 어린 나이에 화산파에 입문할 수 있었다.

그 이후는 어떠했던가.

천자문을 떼기도 전에 화산의 기본 보법인 엽하보를 익힘으로써 그 자질을 증명했다.

처음으로 목검이 아닌 진검을 쥐었을 때, 그 또래는 물론이요 제법 터울이 큰 선배들조차 마종운을 당해낼 수 없었다.

그야말로 탄탄대로의 인생이었다. 불혹을 채 채우기도 전에 화산 장문인의 자리에 오른 것은 그에게 있어 너무나 당연한 결과였다.

물론 세상은 넓고 강자는 많았다.

저 무림맹주 남궁월이나 혈교일존 화무백 같은 자들은 지고의 자리를 양보하지 않았고, 마종운 또한 생애 처음으로 벽에 부딪치게 되었다.

그러나 마종운은 크게 낙심하지 않았다.

남궁월도 화무백도 그와는 사십 가까운 나이 차가 있는 늙은이들.

이제 곧 세월의 무게를 이기지 못해 무림이라는 무대에서 내려와야 할 자들에 불과했다.

'그들이 물러나기만 하면……!'

그 이후의 무림은 나의 차지이리라.

이에 대한 마종운의 생각이란 문자 그대로 확고부동한 것이었다.

한데 현월이란 놈이 갑자기 나타났다.

마종운을 압도하는, 그것도 그보다 훨씬 어린 강자가 갑작스레 나타난 것이다.

그것은 크나큰 충격이었다. 사십 평생 단 한 번도 겪어 보지 못한 굴욕이었다.

재능과 자질이란 측면에서 한참 어린 애송이에게 추월당했다는 자괴감.

마종운은 그것을 결코 참아 넘길 수 없었다.

'하지만……!'

현월은 강하다. 최소한 지금의 마종운으로서는 전심전력으로 싸우더라도 백초 이상 버티는 것을 장담할 수가 없었다.

그렇다면 어찌해야 하는가?

보통의 경우라면 폐관 수련에 들어가 절치부심하며 복수의 칼날을 갈았을 것이다.

그러나 이번만큼은 그럴 수가 없었다. 이 상태로 폐관에 들었다간 칼날을 갈기는커녕 울화통이 터져 자기 배를 찌르지나 않으면 다행이었다.

지금 당장 현월이란 존재 자체가 사라져야만 했다.

그래야만 머릿속을 들쑤시는 이 울화를 가라앉힐 수 있을 것만 같았다.

그래서 택한 것이 임장산의 힘을 빌리는 것이었다. 두 사람의 협공이라면 설사 현월 그놈이라 한들 당해내지 못하리란 계산이었던 것이다.

그러나 그 계획은 실패했다. 임장산은 일언지하에 그의 부탁을 거절했다.

임장산의 입장도 이해는 되었다.

그에게 있어 가장 중요한 것은 어디까지나 무당파였으니까.

'하지만……!'

머리는 이해해도 가슴은 납득하지 못했다. 마종운은 온몸의 피가 거꾸로 솟는 기분이었다.

'그렇다면 어찌해야 한단 말인가? 대체 어떻게 해야 놈의 멱을 딸 수 있단 말인가?'

안절부절못하던 마종운.

한순간 그의 몸이 크게 움찔했다.

"……!"

분명했다. 후방으로부터 느껴지는 강렬한 살기. 사냥감을 뒤쫓는 맹수의 것과도 같은 기척.

혈교의 추격자들이었다.

"크윽! 벌써 여기까지 따라붙었단 말인가?"

거리 자체는 상당히 멀었다. 아마도 최소 이십 리 이상의 격차는 날 터였다.

그리고 그 말은 곧, 저들이 일부러 살기를 흘리고 있다는 의미였다.

달아날 테면 달아나 보라는 것처럼.

"제기랄!"

마종운은 거칠게 욕설을 뱉었다.

"임장산, 이 개새끼!"

분명했다.

임장산이 혈교 놈들에게 자신의 행선지를 알려준 것이리라.

그렇지 않고서야 이렇게까지 빨리 따라붙을 수는 없었다.

무작정 내달리기는 했다지만, 아까와는 달리 흔적을 남기지 않으려 무의식중에 노력하고 있었으니까.

"크으으!"

마종운은 참을 수 없는 격분 속에 몸을 떨었다.

그러고 보면 현월뿐만이 아니었다.

혈교의 그 계집 또한, 어린 나이임에도 마종운을 크게 압도했었다.

물론 현월에게 느끼는 만큼의 증오심은 생기지 않았지만 그년 또한 결코 용서할 수 없었다.

하지만 지금은 어쩔 도리가 없었다.

"어쩔 수 없는가."

마종운은 이를 악물고 탄식했다.

이제는 모든 게 글렀다.

남은 길이라면 아마도 숭산으로 달아나는 것뿐일 터였다.

물론 그곳이라 해도 안전하다고만은 볼 수 없겠지만 말이다.

달리 방법이 없는 이상은 그곳으로라도 가는 수밖에 없었다.

그렇게 생각하던 마종운은 한순간 온몸의 털이 곤두서는 충격을 받았다.

"……!"

추격자들의 기척이 한층 빨라졌다. 지금까지는 제법 여유롭게 뒤쫓는 편이었다면 이제는 전속력으로 마종운을 향해 짓쳐 들고 있었다.

"제길!"

마종운은 욕설과 함께 재차 신형을 날렸다.

늑대 무리에게 쫓기는 사슴 꼴이 되어 그는 북쪽을 향하여 무작정 내달렸다.

*　　　*　　　*

스스로를 제갈철이라 소개한 사내는 많은 것을 알려주었다.

물론 그의 말을 곧이곧대로 믿을 수만은 없었지만, 최소한 저잣거리에 흐르고 있는 풍문과 비교했을 땐 대부분이 들어맞았다.

그리하여 푸른 늑대, 청랑은 여남으로 발걸음을 옮기게 되었다.

그다지 복잡하게 생각할 것은 없었다. 그는 자기 자신의 손으로 죽여야 할 필생의 적수를 빼앗겼고 그 대가를 받아낼 생각이었다.

만약 소천호를 죽인 자가 생각 이상의 강자라면 그건 그것대로 좋았다. 설령 그자에게 죽음을 맞는 한이 있더라도.

오히려 그자가 눈 뜨고 못 볼 정도의 약자라면 열불이 날 터였다. 그자는 물론이요 그런 자에게 죽은 소천호에게도.

"그럼, 무운을 빌겠네."

제갈철은 그저 그렇게만 말하고는 홀연히 사라졌다. 마치 새벽녘의 안개처럼.

청랑은 그가 보통 실력자가 아님을 실감할 수 있었다.

'위험한 자다.'

초원의 전사인 그는 대체로 두 가지 감각을 통해 적을 가늠할 수 있었다.

하나는 무인 특유의 기감.

다른 하나는 바로 체취, 냄새였다.

한데 제갈철에겐 그 두 가지가 결여되어 있었다. 그건 무척이나 특이한 경우였다.

물론 어지간한 고수라면 기척을 죽이는 것쯤은 얼마든지 가능했다. 설령 실력이 상당히 뒤지는 경우라 하더라도 체질이나 재능에 따라 얼마든지 상대를 속여 넘길 수 있었다.

그러나 체취는 그럴 수 없었다.

그 어떤 절세고수라 한들 냄새를 쉽게 지울 순 없었다.

실력을 논하기에 앞서 인간이라면 응당 흘려야만 하는 것이 바로 체취였던 까닭이다.

초원에서 자라온 청랑의 후각은 보통 인간은 물론, 강호의 무인들에 비해서도 압도적으로 뛰어났다.

그런 그가 아무 냄새도 맡을 수 없었다는 것은 도저히 말이 되지 않았다.

'인간이 아니라면 또 모르겠으나……'

거기에까지 생각이 미친 청랑은 이내 고개를 휘휘 저었다.

"무의미하다."

그가 얼마나 강하든 간에 청랑이 알 바는 아니었다. 청랑이라 하여 호승심이 없지는 않았으나, 지금 그에겐 달리 해야 할 일이 있었다.

어차피 인연이 닿는다면 언젠가는 다시 만나게 될 터.

실력을 재는 것은 그때 해도 늦지 않았다.

"지금 내가 해야 할 일은 따로 있으니."

나직이 중얼거린 청랑이 남쪽, 여남을 향하여 신형을 쏘았다.

　　　　　*　　　　*　　　　*

　그 징조를 가장 먼저 느낀 사람은 다름 아닌 흑련이었다.

"……!"

　제갈윤의 정보망이라 하여 완벽할 리는 없었기에, 흑련은
매일 같이 여남 근역의 산과 들판을 오가며 징후를 살폈다.

　잔학한 살육을 벌인 피의 군세가 몰려온다면 응당 그에 따
른 징조가 보일 터였다.

　예컨대 갑작스레 늘어난 까마귀들이라든지, 겁도 없이 사
람이 다니는 도로까지 내려온 늑대들이라든지 하는 것들 말
이다.

　동물들은 인간보다도 뛰어난 감각을 지니고 있었다. 아마
도 육감이라고밖에는 표현할 수 없을, 죽음의 징후를 감지하
는 능력 말이다.

　설령 그런 징후가 없다고 하여도, 최소한 혈교의 군세를 미
리 발견할 수 있다면 그건 그것대로 좋은 일이었다. 그렇기에
흑련은 매일같이 여남 외곽의 산과 들을 쏘다녔다.

　그렇기에 감지할 수 있었다.

　남쪽, 먼 곳으로부터 빠르게 여남으로 접근하고 있는 기척
을.

　'강하다!'

그녀의 본능이 울부짖고 있었다. 지금 이곳으로 오는 자들은 상상 이상의 고수들이라고.

그랬다. 여남을 향해 쇄도하는 존재는 하나가 아니었다.

최소한 둘 이상.

그중 하나는 어쩌면 현월에 버금갈지도 모르는 강자였다.

마치 대놓고 느껴 보라는 듯 기세를 발산하고 있었기에, 먼 거리에 있던 흑련이 감지할 수 있었던 것이다. 더불어 그 정확한 무위 또한 파악하게 되었고.

물론 그 사실이 기쁠 리는 없었다.

"칫!"

나직이 혀를 찬 흑련이 여남 쪽으로 신형을 날렸다.

*　　*　　*

"이… 개 같은!"

마종운은 핏발 선 눈으로 욕설을 토했다.

그는 쫓기고 있었다. 추격자는 이제 단 둘로 압축된 상황. 아마도 만박서생 유승과 그 나이 어린 계집일 터였다.

그리고 그들은, 마치 장난이라도 치듯 마종운을 여남 방향으로 몰아가고 있었다.

그랬다. 이것은 몰이사냥이었다. 숭산이 위치한 북서쪽으로는 향하지 못하게끔 철저히 그를 여남 방향으로 몰아붙이고 있었다.

"현월 그놈과 협공하겠다는 계산인가? 비열한 놈들!"

마종운이 씹어뱉듯 중얼거렸다. 물론 자신 또한 임장산과 협공해 현월을 공격할 생각이었다는 사실 따위는 깨끗하게 잊은 뒤였다.

어찌 됐든 상황이 좋지 않았다. 이래서야 함정 안으로 제 발로 걸어 들어가게 생겼다.

'그렇다면 차라리⋯⋯!'

지금이라도 태세를 전환해 맞붙을까 하는 생각도 들었다. 아무럼 삼 대 일보다야 이 대 일이 나을 터였기 때문이다.

하지만 이내 포기했다. 셋이 됐든 둘이 됐든 지금의 마종운에겐 승산이 없었다.

결국 남은 방도는 하나뿐이었다.

'인질을 잡는 수밖에!'

마종운이 알기로 현월은 현검문주의 장자였다. 그것만큼은 의심의 여지가 없는 진실이었다.

아마도 현월뿐 아니라 현검문 전체가 혈교와 이어져 있는 것일 테지.

그리고 당연하게도 현검문의 모든 이가 현월 같은 괴물일 리는 없었다.

'그렇다면……!'

인질을 잡으면 될 일이었다.

혈교의 끄나풀이라 한들 짐승만도 못한 인간쓰레기는 아닐 터.

혈육, 혹은 그에 가까운 사람이 인질로 잡혔는데 눈썹 하나 꿈쩍하지 않을 리는 없었다.

'인질을 잡아 추격을 멈춘 후에 숭산까지 달아나는 수밖에!'

물론 말처럼 쉬운 일은 결코 아닐 터였다. 만에 하나 현월이 인질 앞에서도 꿈쩍하지 않을 가능성도 있었다.

그러나 지금의 마종운으로선 도저히 거기까지 생각을 할 겨를이 없었다.

내내 쫓기고 있는 입장이다 보니 생각의 폭 또한 현저하게 좁아져 버린 까닭이다.

애초에 그에겐 선택의 여지라 할 만한 것이 거의 없었다.

할 수 있는 일은 그저 달리는 것뿐. 그리고 어쭙잖은 계획이나마 떠올려 실행하는 것뿐.

고작 그뿐이었다.

"크아아!"

그 사실에 울분이 터져 나왔으나 어쩔 수 없는 일이었다.

마종운은 얼굴을 잔뜩 일그러뜨린 채 여남을 향해 내달렸다.

*   *   *

　유숭과 암후는 교묘한 연계로 마종운을 몰아붙였다. 대체로 암후가 마종운의 꽁무니를 직설적으로 뒤쫓고, 유숭이 이곳저곳 움직이며 마종운의 도주로를 한정 짓는 형식이었다.

　상당한 공력을 필요로 하는 일이었기에 수하들은 모조리 돌려보낸 뒤였다.

　결국 두 사람만이 남아 마종운을 뒤쫓고 있었다.

　"잘도 달려가는군."

　유숭이 나직한 어조로 중얼거렸다. 앞서 내달리던 암후가 슬쩍 그를 돌아봤다.

　"잘 몰아붙였다. 아무래도 놈은 여남으로 직진하려는 모양이구나."

　"……."

　"그리고 그곳엔……."

　말끝을 흐린 유숭이 생각에 잠겼다.

　일단 뭔가가 있으리란 생각에 마종운을 추격하기는 했으나, 정작 그는 여남에 무엇이 있는지를 알지 못하고 있었다.

　그리고 그건 암후 또한 마찬가지일 터.

　'그러고 보면 쓸데없이 너무 열을 냈는지도.'

애초에 마종운 따위는 상대할 가치조차 없는 시정잡배였다.

화산의 장문인이니 뭐니 해봐야 유숭의 입장에선 코웃음만 나올 따름이었다.

오히려 무당의 임장산 쪽이 보다 고수의 풍모를 풍기고 있다고 할 수 있었다.

물론 그거야 유숭이 아닌 그 누구라 한들 이견의 여지가 없을 테지만.

어찌 됐든 그런 마종운 따위의 추격에 너무 열을 올린 게 아닌가 싶었다.

애초에 마종운의 말 자체도 반쯤 횡설수설하는 헛소리에 불과했고.

'그냥 이쯤에서 추격을 중단하는 게 나을지도.'

무섭다거나 한 것은 아니었다.

다만 혈교 본대가 호북성에 발이 묶여 있을 가능성이 염려되었다.

'물론 우리의 본대는 강하다. 그 어떤 문파라 한들 감당하지는 못할 것이다. 하지만……'

역시 그 기세가 최고조를 이루려면 강력한 선봉장이 필요했다.

지금까지는 그 역할을 암후가 맡아 왔다. 그리고 그녀가 사정상 전선에 나설 수 없을 때엔 유승이 그 빈자리를 메웠다.

그런 두 사람 모두가 본대에서 떨어져 나온 상황인 것이다.

신중하기 그지없는 유설태의 성격을 감안한다면, 서두르지 않고서 두 사람의 복귀를 기다리고 있으리란 결론을 유추할 수 있었다.

'그리고 여유가 생길수록, 정파 놈들의 반격 준비에도 힘이 실릴 테지.'

애초에 주 전장이라 할 수 있는 곳은 이곳 하남성이었다.

하남성을 완전히 짓밟아야만 백도무림을 무릎 꿇렸노라고 할 수 있을 터였다.

'이곳에 비하자면 호북, 섬서, 호남 등은 부수적인 곳일 따름.'

그것은 비단 소림의 존재 때문만은 아니었다. 지형적으로 보아도 하남은 중원의 심장부였고, 섬서성과 더불어 가장 많은 인구를 보유하고 있기도 했다.

상징적인 측면뿐 아니라 실리적인 측면에서도 강호무림의 중심이라 할 수 있었다. 섬서성의 무림맹마저 박살 나버린 지금이라면 더더욱.

그리고 그런 중심을 꺾는 것이야말로 진정한 승리라 할 수 있었다.

'그렇다면 지금이라도 돌아가 본대와 합류하는 게⋯⋯.'

유숭이 그렇게 생각하고 있을 무렵, 돌연 암후가 속도를 올렸다.

"음?"

유숭은 내달리는 와중에도 움찔했다. 지금껏 암후는 그의 명령이나 부탁을 따르는 것 이외의 행동은 하지는 않았던 것이다.

문자 그대로 돌발 행동이라 할 수 있을 터였다.

'뭔가를 감지하기라도 한 것인가? 그게 아니면…….'

유숭은 그쯤에서 생각을 접었다.

어차피 이렇게 된 이상, 아마도 암후를 멈춰 세우기란 불가능하리라는 생각이 들었다.

'그렇다면…….'

선택지는 하나뿐.

"따라가 보는 수밖에."

11장

너희가 버려낸 칼날

"흑련 소저!"

여남의 지붕 위를 내달리던 흑련은 익숙한 목소리에 멈춰 섰다. 고개를 돌리니 유화란이 그녀 쪽으로 다가오고 있었다.

"무슨 일이라도 생긴 건가요?"

"아마도… 그런 것 같아요."

흑련의 대답에 유화란의 얼굴이 새하얗게 질렸다.

"그럼 혈교도들이……."

"아직 그렇게 단정 지을 수는 없을 것 같아요. 위기라는 점은 마찬가지지만."

"네? 그게 무슨 뜻이죠?"

"일단 현월 님을 만난 후에 설명하는 게 낫겠어요. 그는 지금 어디에 있죠?"

"현 대협은 아마… 현검문 장원에 있을 거예요."

"그럼 거기로 가죠."

"그럴 필요 없어."

두 여인의 고개가 한 방향으로 돌아갔다. 굳은 표정의 현월이 다가오고 있었다.

그 표정을 읽은 흑련이 말했다.

"감지하셨나 보군요."

"응. 이렇게까지 대놓고 기세를 발하고 있으니."

현월의 대답에 유화란이 흠칫했다.

그녀의 기감으로는 어떠한 징조도 느낄 수 없었던 까닭이다.

흑련과 현월의 대화가 이어졌다.

"숫자는 최소한 둘 이상인 것 같아요."

"정확히 셋이야."

"셋이라고요?"

"그래. 분위기를 보아하니, 아마도 둘이서 하나를 쫓는 상황인 것 같은데……."

현월이 미간을 살짝 구겼다.

"아무래도 익숙한 느낌이란 말이지."

"어느 쪽이 말인가요? 쫓기는 쪽, 아니면 쫓는 쪽?"

"쫓는 쪽."

기운을 거리낌 없이 발산하고 있는 쪽이었다. 흑련의 표정이 살짝 밝아졌다.

"그렇다는 건 아군일 가능성도 있다는……."

"그 반대야."

"네?"

"쫓는 쪽, 정확히는 그중에서도 더욱 큰 기세를 발하는 쪽이……."

잠시 주저하던 현월이 말했다.

"나와 같은 무공을 익힌 것 같아."

"……!"

흑련과 유화란의 눈썹이 파르르 떨렸다.

현월의 말이 의미하는 바를 그녀들 또한 잘 알고 있었던 까닭이다.

물론 그녀들이 느끼는 당혹감이란 현월 본인이 느끼는 것에 비하면 아무것도 아니었다.

'어느 정도는 예상했던 일이지만…….'

회귀로 인해 모든 인과가 뒤틀렸다. 유설태의 손에서 현월에게 전해졌어야 할 암천비류공의 비급은 아마도 다른 이에게로 전해졌을 터였다.

그게 바로 저 추격자일 것이다. 그렇다는 것은 저들이 혈교도라는 의미이기도 했다.

'그렇다면 그들에게 쫓기는 자는?'

몇 명의 인물이 뇌리를 스쳤다. 물론 쫓기는 자의 기운은 상대적으로 희미한지라, 정확히 누구라고 유추하기가 힘들었다.

"어쨌든 만나보기는 해야겠군."

그렇게 중얼거린 현월이 두 여인을 돌아봤다.

"잠깐 다녀올 테니, 두 사람은 여기서 기다려."

"자, 잠깐만요!"

"이번만큼은 절대로 따라와선 안 돼."

무거운 어조로 경고하는 현월이었다. 상대 또한 암천비류공의 계승자라면, 흑련이라면 몰라도 유화란을 데려가는 것은 너무나 위험했다.

흑련의 얼굴에 오기가 어렸다.

그녀 또한 절대적인 실력을 갖춘 살수.

그런 그녀에게 자리나 지키고 있으란 말은 쉽사리 용납하기 어려운 것일 터였다.

그래서 현월은 한마디를 덧붙였다.

"부탁할게."

따지고 들려던 흑련이 일순 주춤했다. 그것을 본 현월이 내처 말했다.

　"만약 내가 당하기라도 한다면 현검문과 암월방의 식구들을 부탁해."

　"…대체 날더러 어쩌라는 말이죠?"

　"숭산으로 가. 그곳이라면 안전할 테지. 그곳마저 위험해질 상황이라면, 사실상 중원 어디도 안전하지는 않을 테고."

　흑련이 입술을 잘근 깨물었다.

　"그런 식으로 말하지 마세요."

　"그런 식?"

　"위험해질 수도 있다느니, 다음을 부탁한다느니 하는 말."

　흑련은 현월과 시선을 맞추었다.

　"그런 말은 하지 말라고요."

　"…그러지."

　현월은 이내 몸을 돌렸다. 그새 추격자들은 여남의 지척까지 다가온 상황.

　더 꾸물거리다가는 성벽 안으로 저들을 들이게 될 판이었다.

　현월은 곧장 신형을 쏘아 날렸다. 삽시간에 멀어지는 그의 뒷모습을 바라보던 두 여인이 현검문 쪽으로 몸을 돌렸다.

＊　　　＊　　　＊

　"큭!"

　마종운은 도주를 멈추고는 신형을 반전했다. 이는 어쩔 수 없는 선택이었는데, 더 달리다가는 등에 칼을 맞고야 말 터였던 까닭이다.

　그만큼 암후와 그의 거리는 가까워져 있었다.

　놀랍게도 그녀의 경공은 비엽풍하를 능가하고 있었던 것이다.

　"빌어먹을 계집이!"

　육천검을 뽑아 든 마종운이 체내의 기운을 격발했다. 한껏 갈무리되어 있던 그의 강기가 활화산처럼 터져 나왔다.

　"이대로 당할 것 같으냐! 이렇게 된 것, 네년을 도륙 내줄 것이다!"

　기세 좋게 일갈한 마종운은 신중하게 반격 태세를 취했다.

　이러니저러니 해도 암후를 상대로 무턱대고 치고 들어가는 것은 꺼려졌기 때문이다.

　그가 택할 수 있는 최선의 수는 방어에 치중하다가 허점을 노려 반격하는 것.

　신중 또 신중해야만 했다.

　차르르륵.

바람이 몰아치는 소리는 파충류의 비늘이 일제히 곤두서는 것과 닮아 있었다.

그와 함께 마종운 또한 온몸의 털이 **뻣뻣하게** 곤두서는 느낌이었다.

수풀을 헤치고 마침내 암후의 신형이 나타났다. 튀어 나갈까 하는 본능이 마종운을 떠밀었지만, 그의 이성이 애써 발목을 잡아주었다.

'지금은 아니다!'

마종운이 내심 그렇게 중얼거리고 있을 때.

암후가 돌연 걸음을 멈추었다.

"……."

그녀는 물끄러미 마종운을 바라보고 있었다. 그 시선 어디에도 투지와 살기는 느껴지지 않았다.

"…이건 또 뭐하는 개수작이냐?"

마종운의 목소리는 잘 벼려진 칼날 같았다. 그러나 그 칼날의 예리함도 눈에 차지 않는다는 듯, 암후는 감흥 없는 눈길만을 보낼 따름이었다.

잠시 의아해하던 마종운은 이내 한 가지 사실을 깨달았다.

그녀의 시선이 자신을 살짝 비껴나 있다는 사실을.

암후는 마종운이 아니라 마종운의 뒤편을 바라보고 있었던 것이다.

"무슨……?"

마종운은 의아함을 느끼면서도 고개를 돌릴 수가 없었다.

고개를 돌렸다가 암후가 급습이라도 한다면 큰 낭패였던 것이다.

그리고 그런 생각을 했다는 것만으로도, 이내 형용하기 힘든 굴욕감을 느낄 수밖에 없었다.

'이 마종운이! 고작 저깟 계집의 급습에 겁을 먹고 있다는 말인가?'

어처구니없는 일이었다.

결코 참을 수 없는 일이었다.

이제는 자존심 때문에라도 뒤를 확인해야겠다는 생각이 들었다.

물론 그의 기감은 아무것도 감지해 내지 못하고 있었지만.

마종운의 등 뒤에서 나직한 목소리가 들려온 것은 바로 그때였다.

"황당하군."

짤막한 목소리. 그러나 마종운은 다시금 온몸의 피가 거꾸로 치솟는 느낌이었다.

"이 목소리는……!"

마종운은 홱 고개를 돌렸다.

이내 그의 두 눈이 시뻘겋게 충혈되었다.

"네놈!"

가히 사자후라 해도 과언이 아닐 법한 쩌렁쩌렁한 음성. 먼 숲으로부터 이름 모를 새 떼가 푸드득 솟구쳐 올랐다.

현월은 눈살을 찌푸렸다.

"뭐가 어떻게 된 건지 모르겠군. 쫓기고 있는 게 당신이었 던가?"

마종운은 거의 반사적으로 울컥했다.

"그 입 닥쳐라! 대체 누가 쫓기고 있었다는 말이냐!"

물론 현월은 얌전히 입 닥칠 생각 따윈 없었다.

"당신이, 저 여자아이에게, 조금 전까지만 해도 발바닥에 땀나도록 쫓기고 있었지."

"네놈!"

재차 일갈을 토하는 마종운이었으나 그 이상의 행동을 펼 치진 못했다.

앞으로는 현월, 뒤로는 암후, 그야말로 진퇴양난의 형국이 었던 것이다.

물론 아직 한 명이 더 남아 있었고 말이다.

수풀을 헤치고 한 사람이 더 나타났다. 그는 상황을 일별하 고는 턱을 괴었다.

"귀하가 말했던 사내가 저 젊은이인 모양이군."

"크윽!"

마종운은 침음을 삼켰다.

삼 대 일. 하나를 상대하기도 벅차거늘 셋씩이나 모여 버렸다.

그야말로 최악의 상황이 벌어진 셈이었다.

그렇다 보니 남은 것은 악밖에 없었다.

마종운이 목에 핏대를 세운 채 소리쳤다.

"그렇다! 이 비열한 혈교의 앞잡이 놈들! 네놈들의 더러운 술수에 빠져 버렸다는 게 원통할 따름이다!"

"대체 뭐가 더러운 술수라는 건지 모르겠군."

유숭은 고개를 저으며 한숨을 내쉬었다. 궁지에 몰리고 나서 비열하네 뭐네 떠드는 것은 아무래도 인간의 본성인 모양이었다.

그때 현월이 입을 뗐다.

"역시 혈교도들이었군."

"음?"

유숭의 시선이 현월에게로 향했다.

그리고 눈이 마주친 순간, 그는 전에는 느껴보지 못한 오한을 느꼈다.

"⋯⋯!"

암후와 유숭을 바라보는 현월의 눈에 담긴 것은 끝을 알 수 없는 살기였다.

"제 발로 죽을 자리를 찾아와 주었군. 고맙다고 해야겠는 걸."

"뭐, 뭣?"

당황한 마종운이 말을 더듬었다. 암만 보아도 현월이 살기를 쏘아 보내는 대상은 그가 아닌 암후와 유숭이었던 것이다.

"이건… 대체 무슨 꿍꿍이란 말이냐? 어차피 네놈들이 한통속이라는 것은 다 알고 있거늘!"

"당신은 꺼져 줬으면 좋겠군."

차갑게 쏘아붙이는 현월이었다. 그리고 그것으로 마종운에 대한 그의 관심은 끝이었다.

완벽하게 무시당해 버린 마종운은 멍한 표정을 지을 따름이었다.

현월이 유숭을 향해 물었다.

"너와 저 여자는 유설태의 수하일 테지?"

냉랭하기 짝이 없는 어조.

유숭은 화가 난다기보다는 어처구니가 없었다. 물론 백도와 혈교가 천고의 적인 것은 사실이나, 기실 이렇게까지 죽일 듯한 기세를 내뿜는 적은 난생 처음이었던 까닭이다.

"수하… 라는 표현은 좀 부적합한 것 같군. 나는 그의 아래에 있는 것이 아니니까."

"어쨌든 한편이란 소리 아닌가?"

"굳이 표현하자면 그럴 테지."

"그렇군."

현월은 허리춤의 현인검을 뽑아 들었다.

"너희는 오늘 여기서 죽는다."

차가운 선언에 유숭의 눈매가 한껏 가늘어졌다. 마종운은 앞서와 마찬가지로 망치로 한 대 맞은 표정을 하고 있을 따름이었다.

그리고 암후는 여전히 뚫어져라 현월을 응시하고 있었다.

"조금 당황스럽기는 하지만……."

유숭 또한 기수식을 취했다.

"걸어오는 싸움을 마다할 필요는 없을 테지."

"싸움을 거는 게 아니다. 너희를 사냥하겠다고 선언한 거지."

"입담 하나는 제법이군."

피식 웃은 유숭이 암후를 돌아봤다.

"협공하자꾸나."

암후의 시선이 잠시 유숭에게로 향했다. 하지만 다음 순간 그녀가 취한 태도는 전투와는 거리가 멀었다.

그녀는 고개를 좌우로 선선히 저었다.

"무슨……?"

유숭은 당황했다.

지금껏 암후가 그의 말에 반발한 적은 없었던 것이다.

이어지는 상황은 그의 경악을 한층 부채질했다.

"그와는… 싸우지 않아."

"……!"

유숭은 충혈된 눈으로 암후를 돌아봤다. 조금 전의 목소리는 분명 그녀가 낸 것이었다.

암후가 재차 말했다.

"싸우지… 않아."

"너, 말을 할 수 있었던 것이냐?"

암후는 고개를 끄덕였다.

전장에서 원인 불명의 사고로 혼절했던 이래, 그녀는 약간이나마 남아 있던 언어를 완전히 상실해 버렸다. 물론 그것은 철저히 유숭과 유설태의 관점에서의 얘기이긴 했지만.

그 때문이라 해야 할까. 유숭은 한 가지 가능성을 내내 떨치지 못했다.

사실 그녀가 말을 할 수 있음에도, 말하는 것을 일부러 거부하고 있다는 가능성을.

실제로 암후는 몇 차례 자신의 의지를 유숭 앞에서 내보였다.

그렇다 하여 그나 유설태의 명령을 거부하지는 않았지만 말이다.

어찌 되었든 그녀는 이제야 자신의 의지를 직접적으로 표출한 셈이었다.

"어째서 싸우지 않겠다는 것이냐?"

부드러운 어조로 묻는 유숭.

암후는 재차 현월을 돌아봤다.

"같은 느낌……."

"같은 느낌?"

"저 남자, 나와 같은 느낌이 나요."

암후의 말에 현월은 미간을 잔뜩 구겼다. 하지만 그녀의 말을 부정하지는 않았다.

"그건 그럴 수밖에 없을 거다. 나와 너는 같은 무공을 익혔으니까."

"같은… 무공?"

"그래."

현월은 잠시 그녀에게서 시선을 떼었다. 말은 그녀에게 하고 있으되, 실질적인 대상은 유숭이라 해도 과언이 아니었다.

"너와 내가 익힌 무공은 암천비류공. 너는 유설태에게서 비급을 받아 습득한 경우일 테지."

"뭣!"

기겁하는 소리를 내는 쪽은 암후나 마종운이 아닌 유숭이었다.

마종운은 조금 다른 의미로 놀랐는데, 저 유숭이 저렇게까지 당황할 수 있다는 것이 놀라웠기 때문이다.

"네가 암천비류공을 익혔다고?"

"그렇다."

현월은 구태여 부정하거나 숨기지 않았다.

어차피 저들은 이 자리에서 죽을 운명이었기에.

"결국 너희가 벼려낸 칼날이 너희를 찌르게 된 셈이지."

12장

증오의 사냥꾼

유숭은 머릿속이 진탕이 된 느낌이었다.

본디 암천비류공은 혈교의 시대를 연 두 사람 중 하나, 암황의 독문무공이었다.

특이점이라면 일인전승이자 철저히 혈교 내에서만 전해져 내려왔다는 것이었다.

암천비류공의 비급은 역대 장로들에 의해 철저하게 보호되었다. 혹여나 기록이나 증언 등이 새어 나갈까 염려하여 암천비류공의 계승자와는 단순한 비무조차 허락되지 않았다.

물론 무공의 성향 자체가 철저히 암살에 맞춰져 있기도 했지만 말이다.

여하간 혈교의 개파 이래 단 한 번도 이런 경우는 없었다.

정식으로 암천비류공을 익히지 않은 자가 존재한다는 것은…….

'아니, 그렇지는 않다!'

유숭은 이내 반례를 떠올렸다.

천겁마신 화무백. 전대 암천비류공의 계승자. 어쩌면 그가 후계자를 기른 것일 수도 있었다.

'만약 그런 거라면…….'

저쪽이 오히려 진정한 계승자일지도 모른다.

유숭은 미간을 잔뜩 찡그렸다.

본디 암후는 암천비류공을 전수받아선 안 되었다.

이미 화무백이란 계승자가 떡하니 존재하고 있는 까닭에.

다만 문제라면, 이미 화무백이 암천비류공과 관련된 전례를 모조리 어겼다는 점이었다.

'혈교를 탈퇴함으로써 말이지.'

물론 그가 대놓고 탈퇴 선언을 하진 않았다. 그러나 암황의 후계자들이 가져야 할 절대적인 의무, 혈교를 위한 암살행을 모조리 거절한 것은 부정하지 못할 사실이었다.

더군다나 그는 멋대로 혈교를 떠나 버렸다. 말로는 여행을 가겠노라고 했지만, 기실 그것은 혈교와의 연을 끊겠다는 의

미나 다름없었다.

실제로도 그러했고.

혈교를 떠난 그는 다시는 돌아오지 않았다.

장로들이 화가 머리끝까지 난 것도 당연하다면 당연한 일이었다.

화무백을 제거하기 위한 자객이 수도 없이 급파되었다.

그리고 하나같이 시체가 되어 돌아왔다.

암살자 및 자객들에 한정 짓는다면, 백도무림과의 전쟁에서 사망한 이들보다 화무백을 노리다 죽은 이들이 더 많을지도 모를 정도였다.

결국 그것이 문제였다.

최강의 무공을 익힌 천하제일인이 제멋대로 모든 의무를 버린 채로 떠나 버렸다는 것.

거기서 유설태의 주장이 강하게 대두된 것이었다.

"우리에겐 새로운 암황의 후계자가 필요하다."

유설태의 강력한 주장에 다른 장로들도 고집을 꺾었다.

두 번이나 전통을 깨는 일이 되었지만 결국 그들은 새로운 계승자를 만드는 작업에 들어갔다.

그리하여 선택된 것이 암후, 그녀였다.

하지만 그녀가 완벽한 계승자냐고 묻는다면 그건 결코 아니라고 대답할 수밖에 없었다.

일인전승의 무공이 지니는 특성상 단순히 비급만으로는 해당 무공의 모든 것을 알아낼 수 없다.

애초에 비급이란 그것을 적은 이의 지식만이 담긴 것이기 때문이다.

당연하게도 구전(口傳)되는 지식들, 경험자만이 알 수 있는 사소한 요소들은 전래되지 않는다.

그리고 그 차이는 상당히 컸다.

누대에 걸쳐 쌓인, 역대 계승자들의 경험과 지식이 배제되어 있다는 뜻이기에.

'만약 저자가 화무백에게서 사사한 것이라면……'

유숭은 자기도 모르게 마른침을 삼켰다. 만약 그런 거라면 오해를 풀어야만 했다.

"아무래도 자네는 뭔가 잘못 생각하고 있는 것 같군."

유숭의 말에 현월이 미간을 찌푸렸다.

"잘못 생각하고 있다고?"

"그래. 나는 자네가 왜 혈교에 복수하려 하는지 알고 있네."

"……"

현월의 입가에 희미한 미소가 언뜻 떠올랐다가 사라졌다.

"내 복수의 이유를 알고 있다고?"

"그래."

유숭은 천천히 고개를 끄덕였다.

"필시 자네의 스승… 천겁마신 화무백의 죽음에 대한 복수일 테지. 그의 목숨을 앗아간 이는 백진설이었으니까. 그리고 그는 우리 혈교의 궁주 중 한 명이고 말이야. 당연히 자네가 혈교를 미워할 수밖에 없을 테지."

"……."

"하지만 그것은 어디까지나 정당한 개인 간의 대결이었다고 알고 있네. 백진설은 혈교의 궁주가 아닌 한 사람의 무인으로서 화무백에게 도전했고, 화무백 또한 그를 암살자나 자객이 아닌 한 사람의 무인으로서 대했을 것이네."

유숭의 어조는 담담하면서도 진실된 느낌이었다. 자세한 사정을 모르는 마종운조차 내심 그럴싸하다고 느낄 정도로.

그러나 정작 현월은, 차가운 비웃음만을 흘리고 있을 따름이었다.

"네 이름은?"

"…유숭. 부끄럽게도 혈교 내에선 만박서생이란 별호를 지니고 있지."

"확실히 부끄럽기는 하겠군. 턱도 없는 지식으로 그렇게 허황된 별호를 가졌으니."

"……!"

유숭의 얼굴이 경직되었다.

그가 부끄럽다고 한 것은 그저 겸양의 뜻일 뿐. 정말로 그런 감정을 느끼기 때문은 아니었다.

물론 그는 다혈질적인 머저리들과는 한참 거리가 먼 인물이었다. 최소한 이런 단순한 도발에 넘어가지는 않을 만큼.

물론 기분이 좋을 수만도 없었기에, 어조가 다소 딱딱해지는 건 어쩔 수 없었다.

"설명해… 주었으면 좋겠군. 내 말이 어디가 잘못된 것이지?"

"우선."

현월은 냉소를 유지한 채 답했다.

"나는 화무백의 죽음에 아무 감정도 없어. 당신 말대로 그건 정당한 대결의 결과였을 뿐이니까."

"뭣……? 하지만 화무백은 너의 사부가…….."

"그렇게 생각할 수도 있겠다 싶지만, 완전히 틀린 추측이야. 애초에 너희가 알고 있는 화무백이 제자 따위를 기를 만큼 열성적인 인물인가?"

"…으음."

유숭은 자기도 모르게 침음을 흘렸다.

현월의 말마따나 화무백은 그런 것들과는 거리가 먼 인물이었던 것이다.

지독하게 게으르며 지독하게 자유로운 존재.

유숭을 비롯한 대다수의 혈교도들이 알고 있는 화무백은 그런 자였다.

"마지막으로."

현월의 말이 이어졌다.

"나는 너희에게 복수 같은 것을 하려는 게 아니야."

"복수가 아니라고? 그럼 대체 무엇을……."

"앞서 말하지 않았던가?"

현월이 상반신을 살짝 굽혔다.

"사냥이라고."

쾅!

그대로 대지를 박찬 순간 거대한 먼지구름이 폭사됐다.

단순하지만 그만큼 저돌적이고 재빠른 돌격. 갑작스런 움직임에 유숭은 흠칫 놀랐고, 그로 인해 제대로 대처하지 못했다.

촌각의 순간, 현월은 오 장 가까운 거리를 단번에 좁혀 버렸다.

그가 몇 치 되지 않는 거리까지 다가오는 동안, 유숭이 한 일은 한차례 호흡을 하는 것뿐이었다.

너무나 빠르고 너무나 갑작스러웠기에.

'이런 말도 안 되는……!'

카앙!

유숭의 눈앞에서 불꽃이 튀었다.

그게 금속끼리의 충돌음임을 유숭이 깨달은 것은 조금 뒤의 일이었다.

그 짧은 순간, 십여 차례의 연격과 방어가 이루어졌다.

차차차차창!

연신 불꽃이 번뜩였다.

모르는 이가 본다면 허공에서 부싯돌이 마찰한다고 여겼을 법한 모습이었다.

그러나 그것은 검과 검이 충돌하는 광경이었다. 다만 검이나 검을 쥔 이가 너무나 빠르게 움직이기에 불꽃만 튀는 것처럼 보일 뿐이었다.

연신 폭사되는 불꽃 속에서 두 신형이 떨어져 나왔다.

현월은 픽 웃었다.

"나와는 싸우고 싶지 않다고 하지 않았었나?"

"…그랬었지."

암후는 무감정한 어조로 말했다.

"하지만 이제는 아냐."

"아니라고?"

"당신은… 우리를 미워하지. 아마 그 무엇보다도 혈교를 미워할 거야."

"잘 알고 있군."

"그렇다는 건… 아마도 군사님 또한 미워하리라는 뜻이겠지?"

현월의 눈빛이 순간 돌변했다.

"네가 말하는 군사라는 건 유설태를 뜻하는 건가?"

"그래."

암후의 대답에 현월은 냉소했다.

"이 기회에 잘 알아두면 되겠군. 난 혈교를 증오하고 혈교도들을 증오하지만 그 무엇보다도 유설태를 증오한다는 것을."

"……!"

암후보다도 유숭과 마종운이 식은땀을 쏟아냈다.

그 선언과 함께 현월이 폭사한 무지막지한 살기 때문이었다.

'이, 이자는 대체……!'

'나는 이런 괴물 같은 놈에게 복수할 생각이었던 건가?'

유숭도 마종운도 각각의 생각 속에서 전율했다.

그 와중에도 두 사람이 공통적으로 갖는 생각은 하나뿐이었다.

'이자의 적이 된다는 것은……'

'그 무엇보다도 두려운 일이겠구나!'

암후는 아미를 찡그렸다.

그녀 또한 현월이 뿜어대는 막대한 살기에 피부가 저릿했다.

그리고 어떤 면에서는 유숭이나 마종운이 느낀 것보다도 더한 공포를 느꼈다.

애초에 두 사람보다 무공이 뛰어난 그녀였다.

그런 만큼 무공에 관해서는 하나를 보았을 때 두 사람이 두셋을 깨달을 것을 그녀는 네다섯을 깨달을 수가 있었다.

그리고 그런 그녀가 보기에 이 눈앞의 사내의 기량은 그 끝이 보이지 않을 정도였다.

'어쩌면… 천하제일인?'

강제적인 각성으로 인해 머릿속이 엉망진창이 되긴 했지만 그녀는 결코 백치가 아니었다.

과거의 기억과 인격들이 희미해지긴 했지만, 지성 자체가 퇴보한 것은 아니었던 것이다.

단지 여러 기억들이 사라진 탓에 대화나 행동이 어눌해졌을 뿐.

상황의 요체를 꿰뚫어 보는 직감에 있어선 하등 부족할 것이 없었다.

그런 그녀의 이성이 소리치고 있었다.

눈앞의 이 사내는, 혈교의 그 누가 오더라도 감당할 수 없으리라고.

"달아나요."

돌연 암후가 유숭을 향해 말했다. 앞서와는 달리 빠르고 긴박한 어조였다.

"뭣……?"

"달아나요. 어서. 시간을 끌 테니."

전음을 날릴 수도 있었을 테지만 그러진 않았다. 눈앞의 사내라면, 아마 가까운 거리의 전음을 엿듣는 것쯤은 어렵지 않을 터였기에.

그래서 암후는 재빨리 말을 뱉고는 곧장 현월을 향해 짓쳐들었다.

카앙!

칼날과 칼날이 부딪치길 한순간.

이내 두 사람은 보이지 않는 돌풍이 되어 연신 검격을 주고받기 시작했다.

"큭!"

유숭은 신음을 토했다.

이성적으로 봤을 땐 물론 달아나는 것이 최선이었다. 현월이 보여준 비상식적인 무위와 태도는 너무나 위험했으니까.

'하지만……!'

달아나라고 한 암후의 말이 도리어 유숭의 발목을 붙드는 형국이 되었다.

우습게도 지금 그는 그녀를 혼자 두고 달아날 순 없다고 생각하고 있었다.

'어째서인가?'

물론 그녀가 혈교의 상징격인 암황의 후계자라는 것도 이유이긴 했다.

하지만 그 무엇보다 가장 크고 근본적인 이유는 따로 있었다.

여기서 그녀를 버려둔 채 달아나 버리면 그녀가 죽을지도 모른다는 것!

그렇게 되게끔 둘 수는 없었다.

그 모든 정황과 인과가 머릿속에서 뒤섞였다.

이성의 혼란 속에서 유숭은 거의 기적적으로 한 가지 계책을 떠올렸다.

팟!

유숭이 내달리기 시작했다. 그러나 왔던 길로 돌아가는 것은 아니었다.

질주하는 그의 앞으로는 여남의 성벽이 존재했다.

"⋯⋯!"

현월 또한 그것을 보았고, 거의 동시에 유숭의 속내를 간파했다.

썩어도 준치라 해야 할지는 모르겠지만, 유숭은 현월의 약

점이 바로 여남 자체라는 것을 그 짧은 시간 동안 간파한 것이다.

물론 현검문이나 암월방의 상세한 정보 따위는 모를 터였다.

하나 그렇다 해도 방법은 있었다. 그냥 여남 내부를 쑥대밭으로 만들면 될 일이었으니까.

물론 현월은 유숭이 그런 짓을 하게 내버려 둘 생각이 없었다.

그는 양손을 쥐고 휘두르는 강격으로 암후를 떨쳐 낸 다음, 지체하지 않고 유숭을 향해 쇄도했다.

팟!

암후 또한 곧장 신형을 날렸다.

똑같은 경공인 암하유혼(暗河流昏)을 펼친 두 사람이 무시무시한 기세로 쇄도했다.

"큭!"

뒤편에서 느껴지는 어마어마한 압박감.

유숭은 이를 악물었다. 뒤통수가 간질간질한 느낌에 당장에라도 뒤를 돌아보고 싶었지만 그로서는 차마 그럴 수가 없었다.

돌아보자마자 눈앞에 있는 것이 현월의 칼날일지도 몰랐기에.

쿠구구구······!

세 사람은 그대로 여남을 향해 내달렸다.

그 덕분에 마종운은 그야말로 남겨진 오리 알 신세가 되어 버렸다.

죽음보다도 비참하기 짝이 없는 실로 처량하기 그지없는 상황이었다.

"나, 나는… 대체 무엇 때문에……."

허탈하게 중얼거리는 마종운의 말에 대답해 주는 이는 아무도 없었다.

*　　　*　　　*

'쳇.'

현월은 내심 혀를 찼다.

아직 최악의 상황이 오진 않았다.

그럼에도 뱃속에서 열불이 치솟아 오르는 것은 굳이 겪지 않아도 될 고생을 잠깐의 허점 때문에 겪게 된 까닭이었다.

유숭의 경공은 예상보다 뛰어났다. 하기야 혈교 내에서 제법 발언권이 센 것 같아 보이는데, 이 정도 실력은 있어야 할 터였다.

'그래. 저자 또한 보기 드문 고수일 텐데… 단순히 나보다 약하다 하여 너무 얕봤다.'

그런 탓에 때아닌 술래잡기를 하게 됐다.

애초에 처음 암후에게 방해받았을 때 집요하게 유숭의 멱을 노렸더라면 이런 귀찮은 일은 생기지 않았을 것이었다.

'게다가……'

암후의 실력 또한 현월이 생각한 것 이상이었다.

사실 정말로 현월이 놀란 쪽은 이쪽이라 할 수 있었다.

본디 유설태에게서 암천비류공의 비급을 전수받고 그로써 암제라 불릴 정도의 전설들을 남기게 되는 것은 현월의 몫이었다.

하지만 현월이 회귀함으로 인해 두 사람의 접점 자체가 사라져 버렸고 유설태는 자신 대신 저 여인을 택하여 암천비류공을 습득시켰다.

결국 그녀는 기껏해야 현월의 대용품, 그 이상도 이하도 아니었던 것이다.

때문에 현월은 그녀를 얕봤다.

이미 회귀하기 전 이상의 무위를 지니게 된 그가 일개 대용품에 지나지 않는 그녀에게 밀릴 리는 없었던 것이다.

단순히 무공에 대한 자질 때문만이 아니라, 현월이 지닌 수십 년 깊이의 경험 때문이었다.

오랜 경험이 가져다주는 전투 감각은 그 어떤 무공보다도 값진 것이었으니까.

한데 암후의 실력이 예상외로 빼어났다. 비록 현월을 압도할 정도는 되지 못했으나 그렇다 하여 쉽게 압도당할 정도도 결코 아니었다.

회귀 전의 현월이었다면, 어쩌면 정면 대결로는 승산이 보이지 않았을지도 모를 정도였다.

'저 여자가 나 이상의 자질을 지녔다는 건가?'

쉽게 믿기 어려운 일이었다.

차라리 수많은 기연이 중첩된 결과라고 생각하는 게 나을 만큼.

현월이 그런 생각들을 떠올리는 데엔 그야말로 촌각의 시간밖에 소요되지 않았다.

실제로 그들은 여전히 여남의 성벽 쪽을 향해 달려가는 중이었다.

그리고 이제, 유숭의 등이 현월의 사정권에 접어들었다.

'끝낸다!'

현월의 눈빛이 차갑게 식었고 암후의 눈빛엔 당혹감이 어렸다. 그녀와 현월 사이의 거리는 아직도 상당했던 까닭이다.

'이대로는… 막을 수 없어!'

그녀 또한 그녀대로 당혹감을 느끼고 있었다.

해남 근역의 이름 모를 마을. 그리고 그곳의 불길 속에서 만났던, 정체불명의 기인.

그에게 일종의 기연을 얻은 뒤로, 그녀는 전에 없는 힘을 느낄 수가 있었다.

그 기인을 떠올리는 것은 악몽을 되새기는 것과 같은 기분이었지만 최소한 그를 만난 이후로 놀라울 정도의 성장을 겪은 것은 사실이었다.

그런 만큼 약간의 자만심 또한 느꼈었다.

세상 어디를 가도 그녀에게 대적할 수 있는 자는 없으리라고 생각했다.

한데 이제 보니 그게 아니었다. 중원이 넓다는 말이 틀림없듯, 그녀를 능가하는 고수 또한 떡하니 존재하고 있었다.

더군다나 그녀와 같은 무공을 익힌 채로.

'큭!'

그녀는 어떻게든 현월을 따라잡으려 했다. 하지만 미묘하게나마 둘 사이의 격차는 지속적으로 벌어지는 중이었다.

그리고 이제, 현월이 팔만 뻗으면 유숭의 등허리가 갈라져 나갈 판이다.

유설태만큼은 아니지만 유숭 또한 기꺼이 따르던 암후로서는 절대로 사양하고픈 일이었다.

그러나 마음과 의지만 있다고 모든 일이 해결될 리는 없는 법.

아무리 간절히 바란다 하더라도 안 되는 일은 안 되는 것이 세상의 이치였다.

기적이라도 일어나지 않는 한!

이제 현월의 오른팔은 발사 직전의 투석기처럼 뒤쪽으로 한껏 당겨진 상태였다.

그리고 그 순간.

암후가 바라던 기적이 찾아왔다.

13장

기습 사격

청랑은 여남에 있었다.

섬서성에서 하남성에 이르는 데엔 그리 오랜 시간이 걸리지 않았다.

비록 중원인들이 사용하는 경공과 같은 수법은 없다 하나, 그에겐 초원이 단련해 준 강건한 두 다리가 있었던 것이다.

아마도 그것이 그나 다른 초원의 전사들이 지닌 최고의 무기일 터였다.

태생적으로 타고나 천고의 환경에 의해 단련된 상식을 넘어서는 강인한 육체.

물론 천고의 환경이니 뭐니 하는 것은 지나치게 감상적인 수사일 터였다.

정작 그 환경 속에서 살아온 그들로서는 하루하루가 전투이자 전쟁이었으니까.

그런 청랑에게 있어 중원의 땅은 포근한 요람이나 다름없었다.

드넓기는 하나 먹이가 궁한 것도 아니고 야수가 있다고는 하나 두려울 것은 없었기에.

여남까지 당도하는 동안 마을 한 번 들르지 않았다. 식음과 야숙을 어렵잖게 소화해 냈고, 그 사실에 조금도 힘겨움을 느끼지 않았다.

'아마도 이 때문일 테지.'

청랑은 생각했다.

그들이 항상 장성을 넘기를 희망하며, 중원을 차지하길 바라 마지않는 이유가 이것이라고.

이 풍족한 대지, 그것만으로도 충분한 이유가 될 것이라고 말이다.

'그리고 언젠가는……'

그들은 중원뿐 아니라 그 너머의 세상까지 점령하게 될 것이다.

청랑의 확신은 굳건했다.

여하간 그리하여 오래지 않아 여남에 도착하게 됐는데, 실질적인 문제는 지금부터라고 할 수 있었다.

"음⋯⋯."

청랑은 이맛살을 찌푸렸다.

그의 앞에 펼쳐져 있는 것은 여남의 시장터였다.

곳곳에서 왁자지껄한 소음이 들려오고, 한눈에 봐도 수백은 됨직한 사람들이 수선스럽게 이곳저곳으로 걸음을 재촉하고 있었다.

머나먼 지평선 아래 목초지만이 펼쳐져 있는 대초원과는 너무나 다른 모습이었다.

사고 팔리는 물건들은 요란하고 사치스러웠다. 먹을 식수와 건량, 지니고 다닐 게르 하나면 충분한 몽골의 대지와는 너무나 달랐다.

'천박하군.'

청랑은 한마디로 평했다. 물론 그러한 평가를 중원인들이 들었다면 문명에 대해 쥐뿔도 모르는 야만인이라고 욕을 했으리라.

그리고 청랑은 그 말을 깨끗이 무시했을 터.

어찌 됐든 문제는 문제였다.

다른 경우라면 그저 무시하고 지나갔거나, 아예 이곳으로 접근조차 하지 않았을 테지만⋯⋯.

지금 그는 사람을 찾고 있었고 그러려면 필연적으로 수소문이라는 것을 해야만 했다.

청랑이 가장 꺼리는 일을 어쩔 수 없이 해야 한다는 것이다.

하는 수 없이 제법 머리에 든 게 많아 보이는 청년에게 다가가려는 찰나였다.

"……!"

청랑의 고개가 홱 돌아갔다.

아마도 눈치를 챈 것은 그 하나뿐인 모양이었다. 하기야 나약한 중원인들이 무공조차 익히지 않은 바에야 이러한 기감을 지닐 수 있을 리 없었다.

'강한 살기와 투지!'

청랑의 눈빛이 차갑게 식었다.

사냥꾼의 눈빛이었다.

그는 바람처럼 신형을 쏘았다. 줄줄이 이어져 있는 건물의 지붕 위로 가볍게 올라서서는 성벽을 향하여 바람처럼 내달렸다.

병사들의 눈을 피해 성벽에 오르니, 과연 여남을 향해 달려오고 있는 일련의 무리가 보였다.

'저들 중에 그가 있는가?'

청랑은 눈을 가늘게 떴다.

중원인과는 비교도 안 될 정도의 압도적인 시력을 지닌 그였다.

지평선 근처에서 노닐고 있는 짐승의 종류마저 파악할 수 있을 정도의 시력을 지닌 그에게 기껏해야 수십 장 거리의 상대를 관찰하는 것쯤은 일도 아니었다.

그는 제갈철의 말을 떠올렸다.

"암살자의 호흡을 지녔으며 연령대는 대략 약관 근처. 흑색의 검신을 지닌 장검을 소지했으며 자네를 능가하는 살기를 지녔지."

처음엔 그 말을 대강 흘려 넘겼었다. 다른 것이라면 몰라도 초원의 사냥꾼인 자신마저 능가하는 살기를 지닌다는 것은 중원인에게 불가능한 일이라 생각했기 때문이다.

'하지만……'

청랑은 그 생각을 수정할 필요성을 느꼈다. 이쪽을 향해 내달리는 세 사람. 그중 중앙에 위치한 청년 때문이었다.

맨 앞의 중년인도 아니었다.

꽁무니의 여인도 아니었다.

무지막지한 기세로 중년인을 뒤쫓고 있는 중앙의 사내.

청랑은 그의 눈빛에서 세상마저 쪼갤 듯한 강렬한 살기를 보았다.

'그런가.'

그 순간 청랑은 결심했다.

스으윽.

호흡을 가라앉히고 자세를 낮췄다. 그 단순한 움직임만으로 그의 기척이 감쪽같이 사라졌다.

설령 눈앞에서 바라보고 있다 한들 거기에 있음을 눈치채지 못할 정도였다.

가히 짐승적이라 할 수 있는 은신법.

청랑은 그렇게 자세를 낮춘 채로 등에 걸린 활을 끌렀다.

왼발을 뻗어 성벽의 턱 위에 얹었다. 오른발은 보폭만큼 벌려서 바닥을 받쳤다. 굳건한 두 지지대를 기반으로 삼은 채 상체를 뒤편으로 살짝 기울이고 활을 횡으로 세워서는 시위를 당겼다.

끼리리릭.

시위에 걸린 촉끝이 청년의 얼굴을 겨냥했다. 정확히는 미간 한가운데. 청랑이 가장 즐겨 겨냥하는 위치이기도 했다.

지금껏 이 사격을 피한 이는 거의 없었다. 극히 소수의, 예컨대 소천호와 같은 초고수를 제외한다면 아무도.

"……."

그러나 청랑은 이내 활대를 살짝 올려 겨냥 부위를 낮추었다.

저 청년이 정녕 소천호를 죽인 자라면 소천호가 피할 수 있었던 화살을 못 피할 리는 없으리란 생각이 든 것이다.

자존심이 상하는 일이긴 했다.

그러나 자존심 이상으로 냉철한 이성을 지닌 청랑이었다.

한 번의 기습 기회가 주어진 상황이라면 최대한 가능성이 높은 편을 택하는 게 나을 터였다.

청년의 가슴팍, 심장을 겨냥한 청랑이 한계까지 호흡을 멈추었다.

생명이라면 응당 보여야 할 일체의 미동조차 사라진 상황.

그 부동(不動)이 극에 달했을 때.

청랑은 시위를 놓았다.

*   *   *

검수를 비롯한 여타 무인들과 달리 사수(射手)는 자신의 살기를 최대한 드러내지 않으려 한다.

살기와 기세로써 상대를 압박할 수 있는 검수와 달리, 사수의 무기는 압박감보다는 불확실함과 예측 불가능함에 있는 까닭이다.

그렇기에 적의 목을 꿰기 직전의 순간까지도 사수는 부동심을 유지해야 한다.

마음이 흐트러지면 육체가 흐트러지고, 육체가 흐트러지면 활대가 흐트러지기 때문이다.

물론 활대가 흐트러지면, 화살촉의 궤도가 흐트러지게 된다.

그런 관점에서 봤을 때 청랑의 사격술은 완벽 그 이상이었다.

실제로 그가 살기를 내비친 것은, 시위에서 손가락을 떼는 찰나의 순간뿐이었기 때문이다.

보통 인간이라면 감지는커녕 낌새조차 챌 수 없을 지극히 짧은 순간.

그 촌각 동안 발한 별빛 같은 살기와 허공을 가르고 무서운 기세로 날아드는 화살의 움직임이 거의 동시에 현월의 감각을 거세게 때렸다.

"……!"

현월은 기겁할 만큼 놀랐다.

지금껏 타인을 기습한 적이야 셀 수도 없이 많았지만, 설마 자신이 기습의 대상이 될 줄은 꿈에도 몰랐던 까닭이다.

그만큼 청랑의 사격은 기민하며 날카로웠다. 현월이 그 사실을 감지했을 때는, 이미 그와 화살 간의 거리가 십여 장도 채 떨어지지 않은 상태였다.

물론 그것만으로도 청랑 또한 기겁을 할 일이었다.

화살의 속도에 대해 언급하는 것이야 새삼스러울 것도 없는 일인 데다, 현월이 내달리는 속도 또한 가중되었다고 봐야 올바른 까닭이다.

한마디로 미리 간파하기는커녕 화살에 꿰뚫린 이후에도 상황 파악이 되지 않아야 정상이었다. 어지간한 초고수라 하여도 예외는 아니었다.

'그런데……!'

인지하기도 벅찰 만큼의 짧은 순간.

청랑의 망막에 비친 현월은 질풍처럼 상체를 비틀고 있었다.

삭!

옆구리를 불에 덴 듯한 느낌에 현월은 이를 악물었다. 다행히 뱃속에 이물감이 느껴지지 않는 걸로 보아선 화살이 스쳐 지나간 모양이었다.

'혹은 그대로 배를 관통했거나!'

어느 쪽이 됐든 주저할 순 없었다.

현월은 내달리던 기세를 그대로 살린 채 돌진 궤도를 바꾸었다.

화살이 날아온 방향.

청랑이 위치한 성벽 위를 향해서.

"……!"

암후는 그렇게 되고 나서야 뭔가 일어났음을 직감했다.

성벽을 향해 날아오르는 현월의 옆구리에서 시뻘건 빛이 반짝였던 것이다.

햇살을 투영하는 핏방울이었다.

"칫."

청랑은 혀를 차고는 활을 내던졌다.

이윽고 허리춤의 장도를 꺼내 들고는 쇄도하는 현월에게 맞섰다.

카앙!

맹렬한 금속음이 여남의 허공을 흔들었다.

유숭은 그때서야 뭔가가 벌어졌음을 깨달았다.

그러나 암후와는 달리 상황 파악이 전혀 되지 않은 채였다.

물론 암후 또한 정확한 상황 파악은 하지 못한 상태였다.

차차차창!

연신 불꽃을 튀기며 두 사내가 성벽 위를 내달렸다. 현월은 노도처럼 몰아쳤고 청랑은 질풍처럼 공격을 받아냈다.

두 사람의 실력은 막상막하로 보였다. 물론 보다 빼어난 식견을 지닌 이의 눈으로 본다면 상황이 다를지도 모르겠으나, 최소한 유숭의 눈에는 그렇게 보였다.

그때 유숭에게로 다가온 암후가 그의 옷자락을 잡아당겼다.

"뭣……?"

"달아나요."

유숭은 한순간 멍한 눈으로 암후를 바라보다가 퍼뜩 잠에서 깨어나듯 고개를 저었다.

"그, 그래. 이건 기회일 테지. 그래, 그럴 것이다."

횡설수설 중얼거리는 유숭이었다. 그럴 수밖에 없는 게, 그로서는 너무나 갑작스런 행운에 어안이 벙벙했던 것이다.

그랬다. 행운. 갑작스레 나타나 현월을 급습한 저 사내의 존재야말로 그와 암후에게 있어선 행운이나 다름없었다.

그리고 그렇다는 것은……

'대혈교의 상징 격인 무인과 장로급 무인이… 행운의 도움을 빌리지 않고서는 살아남을 수조차 없었다는 뜻이로군.'

이 얼마나 굴욕적인 일인가. 이 얼마나 치욕적인 일인가!

유숭의 생애에 있어 단 한 번도 느껴 본 적이 없는 굴욕이었다.

비록 혈교의 무인치고는 자존심이나 호승심이 강하지 않은 편인 그라고 할지라도, 도저히 참아 넘길 수 없는 일이었다.

'하지만……!'

지금은 자존심을 따질 때가 아니었다.

아무리 무인의 자존심이 중하다 한들 목숨에 비할 바는 아니었기에.

게다가 마냥 굴욕감에 치를 떨고만 있을 일도 아니었다.

혈교에 복수할 것을 천명한 저 사내의 무위가 암후마저 능가하는 수준임이 밝혀진 이상, 한시라도 빨리 돌아가 대책을 세워야만 했다.

"돌아가자꾸나… 일단은!"

입술을 짓씹으며 대꾸하는 유승이었다.

암후는 곧장 고개를 끄덕이고는 몸을 돌렸다. 다만 돌아가기에 앞서, 수많은 의미와 감정이 담긴 눈으로 현월을 돌아보았다.

"……."

짤막한 일별 이후, 그녀와 유승은 곧장 남쪽을 향하여 내달렸다.

현월 또한 기감을 통해 그들이 후퇴를 감지했다.

'어딜!'

그대로 달아나게 둘 수야 없는 일. 현월은 곧장 성벽 아래로 몸을 날리려 했다.

그러나 그 움직임을 눈치챈 청랑이 곧바로 앞을 가로막았다.

"…네 이름은?"

"청랑."

"좋아, 청랑. 당장 비켜라."

"그럴 순 없지."

단호한 청랑의 말에 현월은 이맛살을 찌푸렸다.

보통내기의 실력은 결코 아니다.

비록 전력을 다해 상대하지도 않았으며 현월의 전투력이 최고조에 이르는 밤이 찾아오지 않았다고 해도, 이 사내의 무위는 현월을 상대로도 크게 밀리지 않았던 것이다.

물론 더더욱 놀라운 것은 그 궁술이었다.

'비록 기습 사격이었다고 해도, 더군다나 현월이 정면을 향해 내달리던 중이었다고는 해도……'

가히 천하제일의 영역에 접어든 현월이 옆구리를 꿰뚫리는 상처를 입었을 정도다.

'만약 다른 이들이 이자의 사냥감이 된다면……'

그중 대다수는 자신이 무슨 짓을 당했는지도 모른 채 죽어갈 터였다. 그 정도로 사내의 궁술은 신의 영역에 달해 있었다.

'마치 소천호 같군.'

거기에까지 생각이 미치자 자기도 모르게 움찔했다.

그러고 보니 눈앞의 사내와 소천호는 상당한 면에서 닮아 있었던 것이다.

"너… 북방에서 병역을 이행했나?"

현월의 질문에 청랑은 픽 웃었다.

"굳이 따지자면 그렇겠군."

"무슨 뜻이지?"

"내 복장을 보면 알 텐데?"

"…몽골인의 복장이군."

그러고 보니 말투 또한 어딘지 모르게 어색했다. 그제야 현월은 모든 것을 이해했다.

"대초원에서 왔군."

"그렇다."

청랑의 두 눈이 서늘한 빛을 토했다.

"이제는 내가 왜 널 급습했는지 알 테지?"

"…아니, 오히려 그 반대다. 일면식은커녕 나에 대해 들어본 적도 없을 몽골인이 왜 나를 공격한 거지?"

"정녕 모르겠단 말인가?"

울컥한 듯 청랑의 어조가 강경해졌다.

"중원인이여, 그대의 이름은 필시 현월일 테지?"

"…그래."

"그렇다면 그대는 소천호라는 이름 석 자 또한 알고 있을 터!"

익숙한 이름에 현월은 움찔했다.

"그렇다."

청랑의 입가에 만족스러운 미소가 스쳤다. 생각보다도 빠르게 숙원을 풀게 된 데 대한 미소였다.

"그는 나의 평생의 숙적이었으며 그를 죽이는 것은 다른 누구의 것도 아닌 내 몫이었다."

청랑의 장도가 현월을 겨누었다.

"그 숙원을 앗아 간 네놈의 목숨을 숙적의 목숨 대신 거두겠다."

14장

제거하지 않는다면

"숙원을… 앗아 갔다고?"

현월의 얼굴은 혼란스러웠다.

기실 그는 눈앞의 사내가 대체 무슨 말을 하는 것인지 알
수가 없었다.

"모른다고 말하진 않을 테지?"

"…아니, 미안하지만 그렇게 말해야겠는걸. 솔직히 말해서
네가 대체 무슨 소리를 하는지 모르겠다."

"그런가."

청랑은 나직이 한숨을 뱉었다.

"뭐, 상관없다. 나 또한 너와 한가롭게 수다나 떨기 위해 온 것은 아니니까."

온다. 현월은 자세를 살짝 낮췄다.

그의 옆구리에선 여전히 피가 흘러나오고 있었다.

어둠 속이었다면 암천비류공의 공능에 의해 자체 치유가 되었을 테지만, 지금은 해가 천공에 떠 있는 정오였다.

게다가 청랑이 화살촉에 무언가 수작을 해둔 듯 옆구리를 중심으로 몸이 마비되는 듯한 느낌이었다.

대부분의 독이 통하지 않는 현월임을 감안한다면, 이는 지극히 이례적인 일이었다.

현월의 이상을 눈치챈 듯 청랑이 비릿한 미소를 지었다.

"괴로운가?"

"딱히."

"그런가. 그러면 지금부터 괴롭게 될 것이다."

현월은 헛웃음을 지었다.

"허세를 부리기 좋아하는 성격인가?"

"전혀!"

청랑의 신형이 순간 흐릿해졌다. 잔상을 남긴 그가 향한 곳은 현월의 후방.

재빠르게 배후를 점한 그가 현월의 목젖을 향해 장도의 날을 가져갔다. 그대로 긋는다면 단번에 멱을 따버릴 수 있을 터.

그러나 현월은 이미 상체를 숙여 장도의 궤적에서 벗어난
뒤였다.

동시에 축을 돌려 청랑의 복부를 밀어 차냈다. 의외의 반격
에 청랑은 미간을 찡그리며 밀려났다.

주르륵 밀려난 그가 현월의 옆구리를 노리고 장도를 횡으
로 베어냈으나, 이번에도 현월은 한발 앞서 허공으로 뛰어선
피해냈다.

그게 끝이 아니었다.

현월은 한순간 청랑의 장도의 도신을 발로 밟고는 순간적
으로 발끝에 경력을 가했다.

천근추의 묘리가 발휘되자 청랑은 일순 손목이 뻐근해지
는 느낌에 전율했다.

"크……!"

청랑쯤 되는 고수라 해도 수백 근의 무게가 손목 한 지점에
집중되면 고통스러울 수밖에 없는 일이었다.

장도를 쥔 손의 힘이 느슨해졌고 기어코 장도를 놓치고 말
았다.

현월은 그때에 맞추어 신형을 뒤로 한 바퀴 회전시킴과 동
시에 허공을 차고는 발끝으로 청랑의 턱 끝을 후려쳤다.

휘적거리며 물러난 청랑이 한차례 바닥을 굴렀다. 그사이
에 재빠르게 활을 움켜쥔 그가 바닥을 차고 일어나는 동시에

시위를 당겼다.

피잉!

공기를 가르는 날카로운 소음!

화살은 한 치의 오차도 없이 현월의 미간을 향해 날아갔다.

앞서 날린 화살에 비하더라도 그 날카로움이 전혀 바래지 않은 듯했다.

더군다나 이번엔 거리마저 앞서보다 훨씬 가까웠다. 현월이 방비를 할 시간적 여유가 압도적으로 부족하다는 뜻이었다.

실제로 현월은 가까스로 현인검을 휘두를 수 있었다.

카앙!

눈앞에서 폭사되는 불꽃!

검격이 분초만 늦었더라도 두개골이 화살 꽂이가 되어버렸으리라.

현월은 내심 안도의 한숨을 토하고는 곧장 현인검을 던졌다.

쐐액!

정면으로 날아가는 현인검. 그 속도는 청랑이 쏜 화살에 비해도 크게 뒤처지지 않았다.

"큭!"

청랑은 벌러덩 넘어지다시피 하며 현인검을 차냈다. 다행히 그의 발끝이 닿은 부분은 검신의 면이었기에 상처 없이 튕겨낼 수 있었다.

하지만 그게 끝이 아니었다.

그가 발로 차낸 현인검이 이내 궤도를 바꿔서 청랑의 옆구리를 향해 쇄도했다.

'이기어검!'

그다지 애용하는 편은 아니었으나 어검술 또한 어느 정도 다루는 게 가능한 현월이었다.

청랑은 낭패감을 느끼며 재빨리 몸을 굴렀다. 하나 현인검은 집요하게 그를 쫓았고 기어코 그의 옆구리 살을 한 움큼 뜯어내고야 말았다.

투두둑.

상당량의 피가 쏟아져 내렸다.

청랑은 눈살을 찌푸리며 허리춤의 주머니에 손을 쑤셔 넣었다.

이윽고 빠져나온 그의 손가락엔 진회색의 가루가 묻어 있었다.

그것을 대강 옆구리에 바르고는 몸을 일으켰다.

현월은 그사이에 공격하지 않았다.

마치 배려를 받은 것 같은 기분에 청랑은 이맛살을 찌푸렸다.

"너도 상처를 치료해라."

청랑은 현월의 옆구리를 가리켰다.

"기다려 줄 테니 치료부터 하고 싸우자."

힐끔 옆구리를 내려다 본 현월이 고개를 저었다.

"굳이 그럴 필요는 없어 보이는군."

"내게 짐을 지울 셈인가?"

"짐이라고?"

"그렇다. 네게 배려 따위를 받은 채 싸운다고 한들, 이겨 봐야 좋을 것이 아무것도 없다. 그것은 내 자신에 대한 모독일 뿐 아니라 소천호의 죽음에 대한 모독이기도 하다."

"또다시 소천호의 이름을 입에 담는군. 그자와는 대체 무슨 관계였던 거지?"

청랑은 대답하지 않겠다는 듯 입을 굳게 다물었다. 그것을 본 현월이 말을 이었다.

"그걸 얘기해 준다면 서로 배려해 준 셈 칠 수 있을 듯한데."

"…그는 나의 숙적이었다."

"그건 앞서 들었다. 내가 듣고 싶은 건 보다 상세한 이야기야."

"나는 대초원의 전사이고 소천호는 중원의 전사였다. 우리는 너희가 쌓아놓은 장성을 넘고자 했고, 그들은 그것을 방어

하기 위해 총력을 다했다."

현월은 고개를 끄덕였다.

몽골 내에 분포된 수백 개 가까운 유목민 파벌. 그중 일부가 작당하여 지난 십여 년 동안 중원을 침범하고 약탈해 왔다.

그러나 그에 대처할 자금이 부족했다. 환관들에 의해 반쯤 눈이 먼 황제가 국가 재정을 흥청망청 써버렸던 까닭이다.

덕분에 관리들은 일종의 편법을 사용하게 되었는데, 그것이 바로 무림인을 이용하자는 것이었다.

물론 정파인들을 이용할 수는 없었다.

소수의 예외가 있다고는 하나 그들은 대체로 꼬박꼬박 국가에 세금을 바치는 시민들이었던 것이다.

특히나 소위 구파일방과 오대세가로 대표되는 백도무림의 실세들은 국가의 높은 곳과도 은밀하게 연결되어 있었다.

실제로 백도 내에서 떵떵거리는 명문정파에서 소위 대감이니 대인이니 불리는 이들의 뒤치다꺼리를 한다는 것은 새삼스러운 일도 아니었다.

결과적으로, 국가에서 주목한 것은 그 반대편에 위치한 이들이었다.

흑도를 걷는 이들.

답이 없는 무법자이자 세상에 이로울 것 하나 없는 골칫거리들.

이른바 혹도라고 손가락질받는 이들 대부분은 국법과는 거리가 멀어도 한참 먼 이들이었다.

그나마 상태가 양호한 이들이라 하더라도, 기껏해야 도시의 암흑가에 한자리를 꿰찬 수준에 지나지 않았던 것이다.

그중에서도 최악의 골칫거리는 물론 혈교였다.

기껏해야 시정잡배요, 모여봐야 녹림도나 수적에 불과한 잔챙이들과 달리, 그들은 정규군마저 긴장케 할 정도의 전력을 지닌 집단이었던 것이다.

여하간 그러한 골칫거리를 해소하는 동시에 북방의 야만인들을 상대하는 것 또한 가능케 하는 것이 관리들의 속셈이었다.

하여, 무림인 대상의 특별 군역법이 시행되었다.

법 자체는 단순하다.

범죄를 저질렀거나 그 소속이 부정하여 국가에서 범죄자로 지정된 무림인 중, 원하는 이에 한하여 병역을 치름으로써 형량을 감형하는 것이었다.

다만 감형할 형량이 없는 경우엔 원한다 하더라도 병역을 이행할 수 없었다.

애초에 이는 자금이 없어 어쩔 수 없이 시행한 편법이었기 때문이다.

"소천호 또한 그렇게 전장에 오게 된 자들 중 하나였다. 그리고 나와 그는 첫 전투가 시작된 이래 수백 번 이상을 맞붙었지."

"그랬군."

"우리에게 있어 전투는 신성한 것이다. 자연히 그 적수 또한 신성한 것이지."

"네게 있어 그런 적수가 소천호였다는 건가?"

"그렇다. 우리는 죽음으로 맺어져 있는 형제와도 같은 사이였다."

현월은 미간을 살짝 찡그렸다.

"글쎄. 소천호도 과연 그렇게 생각했을지는 의문인데."

"그의 생각은 중요한 게 아니다. 숙적의 관계란 하늘과 대지가 점지하는 것이니."

"뭐, 좋아. 어쨌든 그렇게 알게 된 사이라는 거군. 한데 그의 죽음에 대해선 어떻게 전해 들었지?"

"그건 중요한 것이 아니다. 중요한 것은 그가 죽음을 맞이했다는 점이다."

청랑의 눈빛이 번뜩였다.

"네 손에 말이지."

"……."

현월은 표정을 굳혔다. 이제야 청랑이 자신을 기습한 이유를 알 것 같았다.

"대체 누구지? 네게 그런 말을 한 자가?"

"그 또한 중요한 게 아니다."

청랑은 고개를 가로저었다.

"난 이미 너를 죽이기로 결심했다. 다시 말해, 내 숙원은 소천호의 죽음이 아닌 너의 죽음으로 바뀌었다는 뜻이지."

"들어본 것 중 가장 멍청한 소리 같군. 기껏해야 타인을 죽이는 게 평생의 숙원이란 말인가?"

"너희가 할 소리는 아닐 텐데? 너희 중원의 무림인들이야말로, 원한을 결코 잊지 않는다는 신조를 지니고 있지 않나?"

"…반박할 말이 없는걸."

현월은 쓴웃음을 지었다.

확실히 자신이 청랑에게 저런 말을 할 처지가 될까 싶었다.

애초에 현월 본인부터가 혈교와 유설태에 대한 복수심으로 인해 여기까지 오게 된 것이 아니었던가.

비록 그 원인이 서로 다르다고는 해도, 더불어 이해하기 힘든 일이긴 해도, 과연 현월이 그를 힐난할 자격이 있을까 싶었다.

"좋아. 그렇게까지 말한다면 응해주는 수밖에."

"고맙군."

감사의 말과는 달리 곧바로 신형부터 날리고 보는 청랑이었다.

현월 또한 발을 딛는 동시에 팔을 뻗어 현인검을 불러들였다.

그새 청랑의 상처는 거의 다 아문 직후였다. 그리고 그것은 현월 또한 마찬가지였다.

두 사람의 신형이 성벽 위에서 재차 격돌했다.

현월은 청랑의 정수리를 종으로 베어 들어갔다. 청랑은 활을 쥐어서 현인검을 그대로 받아냈다.

카앙!

나무가 베여 나가는 소리가 아닌 날카로운 금속성. 그제야 현월은 그의 활이 나무가 아닌 금속으로 만들어졌음을 알 수 있었다.

청랑은 활을 검병처럼 휘두르며 현월에게 맞섰다.

차차차차창!

두 사람은 폭풍처럼 검과 활을 휘둘렀다.

이미 양쪽 모두 초식의 구분은 무의미한 경지였다. 그저 양측 모두가 무아지경에 빠진 채 하나하나의 공방을 물 흐르듯 이어갈 따름이었다.

콰드드드……

두 사람이 전투 중인 성벽에 차츰 실금이 가기 시작했다.

연신 이어지는 강격의 공방이 기어코 발아래의 성벽에도

여파를 미치기 시작한 것이다.

단순한 공방일 뿐이라고는 해도 두 사람 모두 극상의 호신 강기를 온몸에 두른 채 연신 강격을 몰아치고 있었다.

한 대만 스치더라도 석벽을 그대로 무너뜨릴 위력. 그런 힘과 힘이 부딪치고 있으니, 그 여파가 어마어마할 수밖에 없었다.

쿠르르르!

성벽은 이제 거의 굉음을 토해내는 수준이었다. 자연히 여남의 시민들이 삼삼오오 모여들기 시작했다.

병사들은 시민들이 다가오지 못하게끔 제지하고 있었다.

'일 났군.'

현월은 내심 혀를 찼다.

어둠 속에서의 암살행도 아니고, 자신의 모습을 백주 대낮에 훤히 보이고 말았다. 이래저래 뒤처리를 하기가 귀찮을 것이 뻔했다.

'물론 그건 그때 가서 생각할 일일 테지.'

우선은 지금 해야 할 일부터.

현월은 현인검에 불어넣는 강기를 차츰 늘리기 시작했다.

그와 함께 청랑의 낯빛이 조금씩 창백하게 변해갔다. 육체적인 면에선 두 사람이 거의 대등하다고 할 수 있었으나, 내공 면에 있어선 현월이 상당히 우위에 서 있었던 것이다.

대초원의 하늘과 대지라 한들, 단순히 호흡하는 것만으로는 제대로 된 내공 심법을 익힌 이들을 따라잡을 수는 없는 것이다.

파츠츠츠!

현인검의 검강이 한층 기세를 불렸다.

그와 거의 동시에 청랑의 활의 한가운데에 자그만 실금이 생겨났다.

"크……!"

청랑은 침음을 삼켰다.

처음엔 그럭저럭 버틸 만하다고 생각했던 공격이, 이제는 한 번 한 번을 버티기가 버거운 지경이 되어 있었다.

일부러 그러한 방식을 택한 현월이었다.

공방을 거치면서 차츰 강기의 밀도를 높인 것인데, 횟수가 늘어날수록 당하는 이의 피로도가 급속도로 상승할 수밖에 없는 구조였다.

콰직!

현인검의 검신이 청랑의 활에 반쯤 틀어박혔다. 동시에 청랑의 두 다리가 반쯤 꺾였다.

"크… 아!"

청랑은 내재된 잠력을 모조리 끌어내어 현인검을 밀쳐 냈다.

그러나 현월은 뒤로 살짝 물러나기만 했을 뿐, 이내 앞선 것 이상의 힘을 실어 청랑을 내려쳤다.

쨍강!

반으로 동강이 나는 활.

청랑의 정수리로부터 가슴팍까지, 일직선으로 죽 이어져 내리는 혈선.

"쳇."

그 짧은 순간, 청랑은 나직이 혀를 찼다.

푸확!

어마어마한 양의 피가 허공으로 치솟았다. 청랑의 두 무릎이 기어코 바닥에 닿았다.

상처 자체는 깊지 않았다.

마지막 순간, 현월이 그의 거죽만을 살짝 긁게끔 기운을 뺀 까닭이다.

하나 그것만으로도 청랑의 호신강기를 뚫고, 청랑의 피부를 갈라 버렸다.

상당량의 출혈을 동반한 치명타임에는 이견의 여지가 없었다.

실제로 현월이 내려다본 청랑의 두 눈은 초점이 희미했다.

철퍽!

청랑의 몸이 그대로 엎어졌다.

한바탕 난리가 났다. 무림에 속한 이들은 물론이요, 관부
및 무림 바깥의 인물들까지 숱하게 현검문을 방문하고는 돌
아갔다.

하기야 그럴 수밖에 없으리라.

다름 아닌 관부의 영역이라 할 수 있는 성벽 위에서, 무림
인 두 사람이 백주 대낮에 칼부림을 부린 것이니 말이다.

관과 무림 간의 불가침의 묵계를 깨다 못해 뒤틀어 부숴 버
린 상황.

현월에게 제재가 가해진다 한들 이상할 게 없는 일이었다.

그러나 의외로 별다른 문제는 발생하지 않았다.

물론 현월은 그 이유에 대해 잘 알고 있었다.

"감사합니다, 아버지."

고개 숙인 현월의 말에 현무량은 빙긋 미소를 지을 따름이
었다.

"내가 한 일이 뭐가 있겠느냐. 나는 그저 너 홀로 고생하는
것이 미안하기만 할 따름이다."

"아닙니다. 고생이라뇨."

현월은 알고 있었다. 관부의 불만과 불안을 잠재우기 위해
현무량이 얼마나 갖은 고생과 노고를 도맡아야 했는지.

필시 수많은 이 앞에서 머리를 숙여야 했을 것이다. 수많은 이에게 싫은 소리를 들어야 했을 것이다.

그 사실을 실감하니 현월로서는 그저 죄송한 마음뿐이었다.

그리고 현무량은 그러한 아들의 죄송스러움마저도 희미한 미소로 받아들여 주었다.

"한데……."

아들의 무안함을 지워주려는 듯 현무량이 급히 화제를 돌렸다.

"저 사내는 역시 저대로 내버려 둘 생각이더냐?"

"예. 몇 가지 알아내야 할 것이 있기도 하여……."

"흐음."

현무량은 굳은 얼굴로 턱수염을 쓰다듬었다.

그 사실이 탐탁잖다기보다는 조금 불안하다는 듯한 느낌이었다.

"놈이 깨어나 발악할 일은 없을 겁니다. 치료 자체도 철저히 몸을 봉쇄해 둔 상태에서 하고 있고……."

"그것을 걱정하는 게 아니다. 나는 다만, 이번 일이 요 근래 벌어지고 있는 혈교 준동의 여파가 아닌가 걱정이 되는구나."

현무량의 추측은 어느 정도 맞았다고 할 수 있었다. 혈교의 준동으로 인해 소천호가 죽음을 맞이했고, 그리하여 청랑이 중원에 발을 딛게 됐으니 말이다.

"물론 나는 네가 잘 처신하리라 믿고 있다."

현무량은 그렇게 말을 맺었다. 현월은 고개를 깊이 숙여 대답을 대신했다.

*　　　*　　　*

청랑은 현검문의 별실에 옮겨진 상태였다.

마음 같아선 암월방의 장원으로 옮기고 싶은 현월이었다.

하나 그것은 좀 어려운 일이었다.

청랑은 관부의 영역에서 난동을 피운 엄연한 악질 범법자.

당장 옥에 처박혀도 이상하지 않은 것을 현무량이 영향력을 발휘해 현검문 내로 옮겨둔 것이었기 때문이다.

그것을 아는지 모르는지, 청랑은 혼수상태에 빠져 있었다. 현월의 일격으로 인해 다량의 피를 쏟아낸 결과였다.

"그런 자를 저렇게 내버려 둬도 괜찮겠어요?"

유화란의 물음에 현월은 그저 어깨만 으쓱일 따름이었다.

"뭐, 상태가 상태이니만큼 난동을 부리고 싶어도 그러지 못할 겁니다."

"그게 두려운 게 아니에요. 저자가 사람들의 말마따나 혈교와 연관된 자라면……."

"사람들이 그렇게 말합니까?"

"거리의 소문이 그래요. 정말 그런지는 모르겠지만요. 그래도 가능성은 상당히 높지 않나요?"

"글쎄요. 일단은 더 두고 봐야겠죠."

현월은 그저 그렇게만 대답했다.

이래저래 복잡한 이야기를 할 필요까진 없어 보였기 때문이다.

일단 청랑의 몸은 단단한 사슬로 결박해 두었다. 팔다리를 묶어놓은 데다, 내상까지 입은 몸이니 설령 깨어난다 해도 무슨 일을 벌일 엄두를 내긴 어려울 터였다.

일단 청랑의 일은 그렇게 일단락되었다.

물론 이것은 끝이 아닌 시작에 불과하다고 할 수 있었다.

'혈교의 무리는 지금도 북진 중일 테지.'

결국 문제는 그것이었다.

혈교의 진군. 물론 그중 화무백이나 백진설에 버금가는 초고수는 없을 것이다. 그러나 혈교도들 개개인의 무위를 가늠하자면, 그 실력은 아마도 백도무림의 평균치를 상당히 웃돌 터였다.

그런 병력이 다가온다.

'만일 그들이 이곳까지 들이닥치게 된다면…….'

그때 가서는 늦는다.

현월이 아무리 강하다 한들 동서남북 사방을 홀로 맡을 수는 없는 것이다.

유숭과 암후는 지금쯤 이미 혈교 본대로 귀환했을 터. 그렇다는 건 혈교 및 유설태가 현월에 대해 알게 됐으리란 의미와 진배없었다.

"그렇다면 내가 해야 할 일은……."

현월은 허리춤의 현인검을 내려다보았다.

＊　　　＊　　　＊

"지금 그 말을 나더러 믿으라는 것인가?"

유숭의 보고에 대한 유설태의 반응이었다.

이런 그의 반응에도 유숭은 크게 당황하거나 실망하지 않았다.

애초에 그부터가 이런 반응을 보이리라 예상했던 까닭이다.

설령 자신이 유설태의 입장이었다면 그 또한 똑같이 반응했으리란 생각도 있었다.

"그렇게 나오시는 게 당연합니다. 충분히 이해합니다, 지천궁주."

"그렇다면 자네의 말이 얼마나 허무맹랑한 것인지도 잘 알고 있다는 뜻이겠군."

"예. 그러나 허무맹랑하다 하여 언제나 거짓인 것은 아닙니다."

유설태의 미간이 절로 찡그려졌다.

"정리해 보지. 그러니까, 자네 말로는 화무백을 제외한 암천비류공의 계승자가 한 사람 더 있었다는 말인가? 게다가 그 자의 무위가 암후를 웃도는 수준이었고?"

"정확합니다."

"지금 그 말을 나더러 믿으라는 것인가?"

"믿으셔야 합니다. 혈교의 미래를 위해서라도."

유숭의 태도는 더없이 진지했다.

그리고 유설태는 그러한 유숭의 태도에 살의마저 느낄 것 같았다.

"본래 내가 내린 명령은 적을 격퇴하되 깊이 쫓지는 말라는 것이었지. 한데 자네는 그 명령을 무시하고는 화산의 머저리를 하남성까지 쫓아 들어갔네. 그래놓고는 이제 와서 귀신에 홀린 꼴로 나에게 해괴한 소리를 늘어놓는군."

그렇게까지 나오니 유숭으로서도 울컥할 수밖에 없었다.

"좋습니다. 그럼 기왕 허황된 소리를 하는 김에 더 해보도록 하겠습니다."

"뭐라고?"

"암후가 사실은 백치 상태가 된 것이 아니며, 이성적인 판단 또한 가능하다고 한다면 어떻겠습니까?

"그게… 무슨?"

"말씀드린 그대로입니다. 암후, 그 아이는… 결코 백치가 아닙니다. 기억의 상당 부분을 소실한 까닭에 어눌하고 극도로 말수가 적기는 하지만, 그 아이는 정상적인 사고를 할 수 있습니다."

유설태는 거의 노려보다시피 유숭을 바라봤다. 유숭 또한 그 시선을 그대로 받아쳤다.

"아시겠습니까? 저는 귀신에 홀린 것도 아니고, 장난을 치고 있는 것도 아닙니다."

유숭의 손가락이 북녘을 가리켰다.

"저 하남성 여남에, 암황의 무예를 계승한 백도의 무인이 존재합니다."

"……."

"우리는 그를 제거해야만 합니다. 그러지 않는다면……."

"않는다면… 무엇인가?"

"뻔한 것 아니겠습니까?"

한순간 유숭의 입가에 자조적인 미소가 스쳤다.

"그가 우리를 제거하게 되겠지요."

15장

흑색 질풍

"흠, 역시 이렇게 됐군."

여남의 저잣거리.

한가로이 중얼거리며 곡주 한 사발을 들이켜는 사내가 있었다.

옆으로는 벌써 대여섯 개의 빈병들이 놓여 있었는데, 하나같이 제법 강한 독주였다.

그럼에도 사내의 눈빛 어디에서도 취기의 흔적은 보이지 않았다.

물론 워낙 수많은 이가 오가는 시장통인지라 그런 사내에게 관심을 두는 이는 아무도 없었다. 애초에 그러게끔 둘 사내도 아니었다.

천하제일인.

제갈철은 태평한 어조로 중얼거렸다.

"처음부터 성공할 거라고 생각하진 않았지만… 그래도 생각보다 격차가 꽤나 컸군."

푸른 늑대, 청랑.

그의 실력은 소천호와 막상막하. 다시 말해 현 무림에 그대로 가져다 놓아도 능히 열 손가락 안에 들 수 있는 강자란 뜻이었다.

그러나 현월은 이제, 세 손가락 이내에 손꼽히는 괴물로 성장한 뒤였다.

화무백과 백진설에게서 받은 영양분을 현월은 자기도 모르는 사이에 고스란히 체화했다.

그런 그의 무위는 청랑으로서도 감당하기 힘든 것이었다.

다만 현월의 불행이라면…….

"하필 고금제일인에게 찍혔다는 것이지."

제갈철은 피식 웃었다.

자기 자신을 고금제일이라 칭하면서도 일말의 어색함조차 느끼지 않는다.

애초에 그는 천하제일이니 뭐니 하는 틀 자체를 초월한 지

오래였다.

세상을 초월하고 시대를 초월했다.

그렇기에 만사가 무의미할 수밖에 없다.

그런 제갈철에게 있어 현월은 제법 재미난 장난감이었다.

예측 불가능한 맛이 있는 데다 제법 강대한 무위를 지니기까지 했으며, 무엇보다도 제갈철 본인조차도 주의해야 할 정도의 날카로운 이빨을 지녔다.

그러나 제갈철은 개의치 않았다.

애초에 장난감이란 가지고 놀다 질리면 언제든 버리거나 부술 수 있는 법이었으니까.

현월이라 하여 예외는 아니었다.

그저 약간 위험한 장난감일 뿐. 그 태생적인 한계를 넘어설 수는 없었다.

"어쨌든 푸른 늑대가 꺾였으니, 다음은 역시 혈교인가?"

청랑은 현월과 마찬가지로 변수였다. 수백 번 거듭되어 온 제갈철의 생애에서 처음으로 맞닥뜨리게 된 존재였던 것이다.

덕분에 제법 흥미가 동하긴 했다. 그러나 역시 현월에 비할 바는 되지 않았다.

남은 것은 혈교에 존재하는 변수.

암후 또한 현월이나 청랑과 같은 변수였다.

다만 그녀는 현월이나 청랑에 비해 불안정한 면이 너무 컸다.

그것은 제갈철이 기연을 내린 이후라 해도 마찬가지였다.

더군다나 그녀의 무위는 현월은 물론 청랑에 비해서도 뒤떨어지는 편이었다.

"그냥 붙여놓아서야 재미가 없을 거란 말이지."

제갈철은 느긋하게 턱을 괴었다.

아마도 현월은 꿈에도 모를 터였다.

자신이 죽이고자 하는 존재가 지금 자신의 터전 안에서 한가로이 시간을 죽이고 있다는 것을.

현월의 모든 것을 앗아 가는 것쯤은 제갈철에게 있어 너무나 간단한 일이었다.

지금 당장 현검문으로 걸어 들어가 거기 있는 모두를 쳐 죽일 수도 있다.

암월방을 하루아침에 멸망시킬 수도 있다.

현월이 소중히 여기는 가족, 여인, 수하들 모두를 몰살시킬 수 있다.

하지만 그러지 않는 것은 아직 현월이란 존재에게 흥미가 더 남아 있기 때문이었다.

그게 아니었던들 제갈철은 주저하지 않고 살육계를 열었으리라.

"흐음."

한동안 고민하던 제갈철은 입맛을 다시며 턱을 괴던 손을 뗐었다.

"역시, 한 번 더 강화하는 편이 낫겠지."

그가 초월자인 이유는 단순히 강하기 때문만이 아니다.

시간의 궤적, 자연의 흐름마저 거스른 막강한 지식과 능력 덕택이었다.

한 인간에게 강대한 힘을 내리는 것조차 간단할진대, 기존의 강자를 더욱 강하게 만드는 것쯤은 일도 아니었다.

물론 제갈철 자신보다 강하게 만드는 것까지는 불가능했지만 말이다.

"뭐, 현월 놈이 꽤나 고생할 정도만 되면 충분하겠지."

느긋하게 중얼거린 제갈철이 몸을 일으켰다.

그는 애초의 목적이었던 현월을 자신과 같은 존재로 이끄는 일은 깔끔히 포기한 뒤였다.

대신 현월을 가지고 놀기로 마음을 먹었다.

물론 이 유희 또한 언제 질리게 될지는 알 수 없었다. 며칠 뒤, 어쩌면 몇 시진 뒤가 될 수도 있었다. 그리고 만약 그때가 온다면 제갈철은 미련 없이 모든 것을 부숴 버릴 터였다.

조금 전까지 열심히 만들던 모래성을 허물어 버리는 아이처럼.

이제는 그렇게 살아갈 수밖에 없게 된 그였기에.

"그러니 최대한 노력하는 게 좋을 것이다."

듣지 못할 말을 현월에게 건넨 제갈철이 몸을 돌렸다. 그의 모습은 삽시간에 인파 사이로 사라졌다.

그리고 잠시 뒤, 그는 여남을 한참 벗어난 남쪽에 존재하고 있었다.

"어디 그럼, 시작해 볼까?"

* * *

"나 없는 동안 재미있는 일을 혼자 누렸다지?"

은근히 묻는 금왕의 어조에선 심통이 묻어났다. 그답다면 그답다는 생각에 현월은 쓴웃음을 지었다.

청랑과의 일전 뒤로 닷새.

숭산에 있었을 금왕은 어찌 알았는지 곧장 여남으로 달려왔다.

하기야 그의 정보력과 행동력을 감안한다면, 닷새는 오히려 오래 걸린 편인지도 몰랐다.

"어디까지 알고 계십니까?"

"흐음?"

금왕은 빙긋 웃었다.

"이번 친구는 먼 북방의 바람을 타고 왔다지?"

청랑의 출신지까지 알고 있다는 뜻이었다.

그 정도라면 이번 일의 거의 모든 것을 알고 있다고 봐도 과언은 아니었다.

"흑련입니까?"

"응?"

"그녀에게서 보고를 받은 거냐고 물었습니다."

"아닐세. 그 아이가 아니라 다른 경로를 통해 정보를 물었지. 자네도 알다시피, 내 정보력은 비단 무림에만 국한된 게 아니라서 말이야."

"……."

"덕분에 술값깨나 깨졌다네."

관부.

현월은 속으로만 중얼거렸다.

금왕은 미묘한 시선을 현월에게 던졌다.

"알고 있는가?"

"무엇을 말입니까?"

"내 친손녀나 다름없던 그 아이가 내게 고의로 보고를 누락한 것은 이번이 처음이라네."

"그렇습니까."

확실히 현월은 흑련에게도 정보를 누설하지 말 것을 부탁

했었다.

청랑과 싸운 일 자체야 퍼질 대로 퍼진 것이었지만, 그에 대한 상세한 정보는 거의 알려지지 않았다. 예컨대 그가 몽골 출신이라는 것 같은 정보 말이다.

하나 금왕은 거기까지 알고 있었다. 때문에 현월로서는 흑련을 의심했던 것이고.

다만 그가 관부와 연을 튼 입장이라면, 굳이 흑련의 보고 없이도 정보를 접하는 것이 가능했을 것이었다.

"흠. 어찌 되었든……."

금왕이 화제를 돌렸다.

"자네, 위쪽 동네에도 미움을 샀던가?"

"그런 건 아닙니다. 그저 사소한 오해로 인해 빚어진 일입니다."

"사소한 오해라……."

"그자는 혈교와는 관계가 없습니다."

현월이 미리 딱 잘라 말했다.

애초에 금왕이 이제 와서 물을 질문이라고는 뻔한 것이었기에.

그 대답에 금왕은 눈매를 살짝 좁혔다.

"마치 그자를 보호하려는 것 같은 태도로구먼. 뭔가 자네답지 않은걸."

"그보다, 백도 연맹 쪽 일은 어떻게 되어가고 있습니까?"

"흠. 뭐, 자네도 어느 정도 짐작은 하고 있을 테지만, 혈교에 대한 대대적인 반격을 준비하고 있지."

"그렇군요."

"자칫하면 그 대상에 자네 또한 포함될지도 모르네."

의외의 말에 현월은 미간을 찌푸렸다.

"그게 무슨 뜻입니까?"

"알고 있나? 육천검주 마종운이 자네를 모략하고자 별별 짓을 다 하고 있다는 거?"

미간의 골이 한층 깊어졌다. 마종운에 대해 떠올려야 했기 때문이다.

"그… 제게 비무에서 패배했던 사내 말입니까?"

"그리고 이번 사건의 목격자이기도 하지."

그랬던가?

현월은 잠시 기억을 떠올려 보고는 느릿하게 고개를 끄덕였다.

"그러고 보니… 뱁새 같은 인간이 하나 있었던 것 같은 기분이 드는군요."

"자네 입장에서야 뱁새일지 몰라도 무림 내에서의 영향력은 그렇지 않네. 어쨌든 마종운 그자가 자네를 축출해야 한다고 강하게 주장하고 있어."

"주장의 근거는 뭡니까?"

"가장 뻔하면서도 잘 먹히는 것이지. 자네의 무공이 사특하다는 것이야."

현월은 피식 웃었다. 굳이 따지자면 사특한 것이 맞기는 했으니까.

오히려 마종운이 제대로 요점을 짚었다고 볼 수도 있었다.

물론 그러한 사실과는 별개로 그의 행동을 결코 좌시할 순 없는 일이었다.

"그자의 입을 다물게 할 방법은 없겠습니까?"

"뭐, 내가 이미 손을 쓰고는 있네. 다행히 마종운 그 작자의 최근 평판도 바닥을 치고 있는지라, 의외로 선동이 큰 효과를 못 보고 있기도 하고."

"그렇습니까?"

"음. 자신의 문도들을 떼죽음으로 몰아넣은 까닭에 반쯤 견자 취급을 받고 있지."

혈교 병력에게 한 방 먹여주겠노라며 자신만만하게 나섰던 마종운인 만큼, 어처구니없는 대패에 대한 여파 또한 엄청났다.

그 한 사람으로 인해 화산파라는 문파 자체의 격마저 떨어져 버린 상황.

그렇다 보니 발언의 영향력이라는 게 있을 리가 없었다.

마종운 본인 역시 반쯤 얼이 빠져 있는 면도 컸고 말이다.

물론 현월로서는 그저 그렇구나 할 일에 지나지 않았다. 지금 그가 집중해야 할 일은 따로 있었기에.

"단순히 그자나 몽골인의 일 때문에 여길 찾아오신 것은 아닌 듯합니다만."

현월의 말에 금왕은 표정을 바로 했다.

"그렇다네. 내가 자네를 찾아온 것은, 지난번 혜법 선사 앞에서 나누었던 대화를 이어가기 위함이네."

"암살 건 말씀입니까? 죄송하지만 그때 이미 확답을 드린 걸로 기억합니다만."

"물론 알고 있네. 하지만 내가 보기에 자네가 단순히 암살행을 하지 않으려는 것으로 보이진 않네만."

"그렇기는 합니다만……."

"그것으로 족하네."

금왕이 딱 잘라 말했다.

"나도 혜법 선사도 그리 결론을 내렸네. 애초에 자네를 백도 연맹이라는 굴레 안에 가두는 것 자체가 잘못이었다고 말이야. 자네는 자네가 바라는 대로 행동하게. 그저 그러면 되네."

어딘지 모르게 격려하는 것 같은 말에 현월은 쓴웃음을 머금었다.

"이런 말을 할 법한 분이라고는 전혀 생각하지 않았는데요."

"흥. 나는 뭐, 항상 유희거리만 추구하는 놈인 줄 아는가?"

"솔직히 말하자면 그렇습니다."

"…뭐, 자네가 그리 생각하는 것도 어쩔 수 없겠지."

불만스러운 듯 코끝을 찡그리는 금왕이었다.

"그 생각을 부정하진 않겠네. 하지만 그것도 말일세, 모두이 무림이란 틀이 유지되는 동안에나 가능한 이야기라네."

"이 전쟁에서 혈교가 승리하게 된다면 그 틀이 무너지리라는 말씀입니까?"

"왜 안 그렇겠나?"

금왕의 표정이 전에 없이 진지해졌다.

"비단 마종운의 화산파뿐만이 아닐세. 지금껏 놈들은 연전연승의 가도를 달리고 있네. 이미 남해와 호남, 호북이 무너졌네. 하남성까지 무너지게 된다면 무림의 태반이 무너졌다고 해도 과언이 아닐 것이네."

"……."

"그러니 나로서도 최선을 다해야지. 물론 그렇다 해서 거꾸로 사파 세력을 멸망으로 이끌어서는 안 되겠지만 말이야."

대답을 마친 금왕이 빙긋 웃었다.

"어쨌든 자네는 자네의 목적에만 충실하면 되네. 지금까지 그랬던 것처럼 말일세."

"…정말로 저를 격려하려고만 오신 겁니까?"

"같은 편도 일단 의심부터 하고 보는 그 성격은 여전하군 그래. 하면 내가 무슨 다른 의도가 있어서 자네를 찾아왔겠는가?"

현월은 대꾸하지 않았다. 딱히 머리에 떠오르는 것도 없었고.

"어쨌든……."

금왕은 현월의 어깨를 두드렸다.

"우리 련이를 잘 부탁함세."

"예?"

"그 아이가 중차대한 정보를 내게 보고하지 않았다면 그 이유는 뻔한 것 아니겠나?"

"……."

"뭐, 그것은 그렇고……."

금왕은 지나가는 투로 물었다.

"언제부터 움직일 생각인가?"

*   *   *

"바로 오늘이리라고는 생각도 못 했습니다만…….."

"결행할 거라면 최대한 빠른 게 좋아. 지금 이 시간에도 놈들은 꾸준히 북진하고 있을 테고."

"으음."

현월의 대답에 제갈윤은 뒷머리를 긁적였다.

"하지만 얼마 전까지는 여남을 되도록 벗어나지 않으려 하셨잖습니까?"

"그랬지. 하지만 상황이 바뀌었어."

"어… 그렇다면, 그간 암제님께서 예의 주시하며 기다리셨던 게, 저 몽골인이었던 모양이군요."

"비슷해."

현월은 그냥 그렇게 대답했다.

제갈철에 대해 설명할 자신도 없거니와 아주 틀린 말은 아니었던 것이다.

지난 며칠 동안 현월은 청랑에 대해 거듭 생각해 보았다.

대체 어떻게 그가 현월과 소천호에 대해 알게 되었을까? 사실 그 의문에 대한 해답은 너무나 명백했다. 그날의 진실을 아는 사람은 단 둘뿐이었으니 말이다.

'나, 그리고 놈.'

제갈철이 분명했다.

그가 청랑에게 잘못된 정보를 가르쳐 주었으며, 현월이 살고 있는 곳에 대해서도 알려준 것이다.

'그 이유까지는 알 수 없지만······.'

현월의 미간이 한층 구겨졌다.

저쪽은 이쪽의 일거수일투족을 모조리 꿰고 있는데, 이쪽
에선 놈의 소재조차 파악할 수가 없다니.

더군다나 놈의 목적 또한 지금으로선 불분명할 따름이었
다.

하지만 그렇다 하여 여남 안에서만 전전긍긍하고 있을 순
없었다. 미래가 불명확한 상황이라면, 가만히 있는 것보단 어
떻게라도 행동하는 편이 나았다.

"그러니까, 무슨 일이 생기면 흑련과 상의하도록 해. 내 생
각이 맞다면 별다른 일은 없을 테지만."

"알겠습니다. 하면 저 몽골인이 깨어나면 어찌해야 할지
요?"

"최소한도의 치료와 음식만 제공하도록 해. 그 정도만으로
도 허튼짓은 못 할 거야."

"말씀대로 하겠습니다."

암월방을 나선 현월은 곧장 여남을 빠져나왔다.

목적지는 정해져 있었다.

'남쪽.'

지금쯤 북진을 재개했을 혈교의 본 병력을 향해서.

현월은 화살처럼 신형을 쏘았다. 왼손으로 허리춤의 현인
검을 움켜쥐고서. 오로지 남쪽을 향하여.

제갈철의 속셈은 여전히 알 수 없었다. 그렇기에 지금은,
그저 그가 할 수 있는 일을 할 따름이었다.

혈교를, 현월의 본 목적이자 회귀하게 된 시발점이었던 혈
교를 멸망시킨다.

'그리고……'

반드시 이 손으로 유설태의 숨통을 끊고야 말리라.

그 이상은 필요치 않았다. 현월은 잡다한 생각들을 모조리
머릿속에서 지워 버렸다. 지금 그는 현검문의 장자도, 암월방
의 수장도 아니었다.

그저 한 사람의 암살자일 뿐.

흑색의 신형이 질풍처럼 남방을 향해 쇄도했다.

『암제귀환록』 10권에 계속…

김현석 현대 판타지 소설
전능의 팔찌
THE OMNIPOTENT BRACELET
「신화창조」의 작가 김현석이 그려내는
새로운 판타지 세상이 현대에 도래한다!
삼류대학 수학과 출신, 김현수
낙하산을 타고 국내 굴지의 대기업 천지건설(주)에 입사하다!
상사의 등살에 못 견뎌 떠난 산행에서, 대마법사 멀린과의 인연이 이어지고……
어떻게 잡은 직장인데 그만둘 수 있으랴!!
전능의 팔찌가 현수를 승승장구의 길로 이끈다!
통쾌함과 즐거움을 버무린 색다른 재미!
지.구. 유.일.의 마법사 김현수의 성공신화 창조기!
Book Publishing CHUNGEORAM
유행이 아닌 자유추구 -
www.chungeoram.com

문용신 新무협 판타지 소설

FANTASTIC ORIENTAL HEROES

절대호위

한량 아버지를 뒷바라지하며
호시탐탐 가출을 꿈꾸던 궁외수.

어린 시절 이어진 인연은
그를 세상 밖으로 이끄는데……

"내가 정혼녀 하나 못 지킬 것처럼 보여?"

글자조차 모르는 까막눈이지만,
하늘이 내린 재능과 악마의 심장은
전 무림이 그를 주목하게 한다.

"이 시간 이후 당신에겐 위협 따윈 없는 거요"

무림에 무서운 놈이 나타났다!

Book Publishing CHUNGEORAM

유행이 아닌 자유추구 -
WWW.chungeoram.com

이모탈 퓨전 판타지 소설
FUSION FANTASTIC STORY

워리어

Warrior

최강의 병기 메카닉 솔져,
판타지 세계로 떨어지다!

서기 2051년.
세계 최초의 메카닉 솔져 이산은
새로운 세계에 발을 딛게 된다.

"나는… 변한 건가?"

차가운 기계에서 따뜻한 피가 흐르는 인간으로!
카이론의 이름으로 새롭게 시작하는
진정한 전사의 일대기!

Book Publishing CHUNGEORAM

네르가시아 장편 소설
FUSION FANTASTIC STORY

THE MODERN
MAGICAL
SCHOLAR

현대 마도학자

나르서스 제국의 전쟁영웅이자
마나코어를 개발한 천재 마도학자 카미엘!

그러나 제국의 부흥을 위한 재물이 되어
숙청당하는데…….

『현대 마도학자』

죽음 끝에 주어진 또 다른 삶.
그러나 그에게 남겨진 것은 작은 고물상이 전부였다.

더 이상의 밑은 없다!
마도학자의 현대 성공기가 시작된다!

Book Publishing CHUNGEORAM

유일이 아닌 자유추구 -
WWW. chungeoram.com